壹本 ONE BOOK

精读

林家铺子

茅盾

浙江文艺出版社
Zhejiang Literature & Art Publishing House

目录

小说

林家铺子　/003

春蚕　/053

秋收　/082

散文

严霜下的梦　/119

叩门　/125

雾　/128

虹　/130

红叶　/133

故乡杂记　/136

175/ 冬天

179/ 我曾经穿过怎样的紧鞋子

182/ 雷雨前

186/ 谈月亮

193/ 黄昏

196/ 天窗

198/ 沙滩上的脚迹

202/ 炮火的洗礼

204/ 风景谈

211/ 雾中偶记

215/ 白杨礼赞

218/ 大地山河

222/ 时间,换取了什么?

227/ 闻笑有感

231/ 森林中的绅士

235/ 忆冼星海

小 说

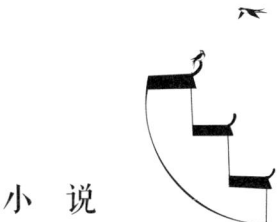

　　雪是愈下愈密了,街上已经见白。偶尔有一条狗垂着尾巴走过,抖一抖身体,摇落了厚积在毛上的那些雪,就又悄悄地夹着尾巴走了。自从有这条街以来,从没见过这样冷落凄凉的年关!

林家铺子

一

林小姐这天从学校回来就噘起着小嘴唇。她掼下了书包,并不照例到镜台前梳头发搽粉,却倒在床上看着帐顶出神。小花噗的也跳上床来,挨着林小姐的腰部摩擦,咪呜咪呜地叫了两声。林小姐本能地伸手到小花头上摸了一下,随即翻一个身,把脸埋在枕头里,就叫道:

"妈呀!"

没有回答。妈的房就在间壁,妈素常疼爱这唯一的女儿,听得女儿回来就要摇摇摆摆走过来问她肚子饿不饿,妈留着好东西呢——再不然,就差吴妈赶快去买一碗馄饨。但今天却作怪,妈的房里明明有说话的声音,并且还听得妈在打呃,却是妈连回答也没有一声。

林小姐在床上又翻一个身,翘起了头,打算偷听妈和谁谈话,是那样悄悄地放低了声音。

然而听不清,只有妈的连声打呃,间歇地飘到林小姐的耳朵。忽然妈的嗓音高了一些,似乎很生气,就有几个字听得很分明:

——这也是东洋货,那也是东洋货,呃!……

林小姐猛一跳,就好像理发时候颈脖子上粘了许多短头发似的浑身都烦躁起来了。正也是为了这东洋货问题,她在学校里给人家笑骂,她回家来没好气。她一手推开了又挨到她身边来的小花,跳起来就剥下那件新制的翠绿色假毛葛驼绒旗袍来,拎在手里抖了几下,叹一口气。据说这怪好看的假毛葛和驼绒都是东洋来的。她撩开这件驼绒旗袍,从床下拖出那口小巧的牛皮箱来,赌气似的扭开了箱子盖,把箱子底朝天向床上一撒,花花绿绿的衣服和杂用品就滚满了一床。小花吃了一惊,噗的跳下床去,转一个身,却又跳在一张椅子上蹲着望住它的女主人。

林小姐的一双手在那堆衣服里抓捞了一会儿,就呆呆地站在床前出神。这许多衣服和杂用品越看越可爱,却又越看越像是东洋货呢!全都不能穿了么?可是她——舍不得,而且她的父亲也未必肯另外再制新的!林小姐忍不住眼圈儿红了。她爱这些东洋货,她又恨那些东洋人;好好儿的发兵打东三省干么呢？不然，穿了东洋货有谁来笑骂。

"呃——"

忽然房门边来了这一声。接着就是林大娘的摇摇摆摆的瘦身形。看见那乱丢了一床的衣服，又看见女儿只穿着一件绒线短衣站在床前出神，林大娘这一惊非同小可。心里愈是着急，她那个"呃"却愈是打得多，暂时竟说不出半句话。

林小姐飞跑到母亲身边，哭丧着脸说：

"妈呀！全是东洋货，明儿叫我穿什么衣服？"

林大娘摇着头只是打呃，一手扶住了女儿的肩膀，一手揉磨自己的胸脯，过了一会儿，她方才挣扎出几句话来：

"阿囡，呃，你干么脱得——呃，光落落？留心冻——呃——我这毛病，呃，生你那年起了这个病痛，呃，近来越发凶了！呃——"

"妈呀！你说明儿我穿什么衣服？我只好躲在家里不出去了，他们要笑我，骂我！"

但是林大娘不回答。她一路打呃，走到床前拣出那件驼绒旗袍来，就替女儿披在身上，又拍拍床，要她坐下。小花又挨到林小姐脚边，昂起了头，眯细着眼睛看看林大娘，又看看林小姐；然后它懒懒地靠到林小姐的脚背上，就林小姐的鞋底来磨擦它的肚皮。林小姐一脚踢开了小花，就势身子一歪，躺在床上，把脸藏在她母亲的身后。

暂时两个都没有话。母亲忙着打呃，女儿忙着盘算"明天怎样出去"。这东洋货问题不但影响到林小姐的所穿，还影响到她的所用；据说她那只常为同学们艳羡的化妆皮夹以及自动铅笔之类，也都是东洋货，而她却又爱这些小玩意儿的！

"阿囡，呃——肚子饿不饿？"

林大娘坐定了半晌以后，渐渐少打几个呃了，就又开始她日常的疼爱女儿的老功课。

"不饿。嗳，妈呀，怎么老是问我饿不饿呢，顶要紧是没有了衣服明天怎样去上学！"

林小姐撒娇说，依然那样拳曲着身体躺着，依然把脸藏在母亲背后。

自始就没弄明白为什么女儿尽嚷着没有衣服穿的林大娘现在第三次听得了这话儿，不能不再注意了，可是她那该死的打呃很不作美地又连连来了。恰在此时林先生走了进来，手里拿着一张字条儿，脸上乌霉霉地像是涂着一层灰。他看见林大娘不住地打呃，女儿躺在满床乱丢的衣服堆里，他就料到了几分，一双眉头就紧紧地皱起。他唤着女儿的名字说道：

"明秀，你的学校里有什么抗日会么？刚送来了这封信。说是明天你再穿东洋货的衣服去，他们就要烧呢——无法无天的话语，咳……"

"呃——呃！"

"真是岂有此理,哪一个人身上没有东洋货,却偏偏找定了我们家来生事!哪一家洋广货铺子里不是堆足了东洋货,偏是我的铺子犯法,一定要封存!呸!"

林先生气愤愤地又加了这几句,就颓然坐在床边的一张椅子里。

"呃,呃,救苦救难观世音,呃——"

"爸爸,我还有一件老式的棉袄,光景不是东洋货,可是穿出去人家又要笑我。"

过了一会儿,林小姐从床上坐起来说,她本来打算进一步要求父亲制一件不是东洋货的新衣,但瞧着父亲的脸色不对,便又不敢冒昧。同时,她的想象中就展开了那件旧棉袄惹人讪笑的情形,她忍不住哭起来了。

"呃,呃——啊哟!——呃,莫哭——没有人笑你——呃,阿囡……"

"阿秀,明天不用去读书了!饭快要没得吃了,还读什么书!"

林先生懊恼地说,把手里那张字条儿扯得粉碎,一边走出房去,一边叹气跺脚。然而没多几时,林先生又匆匆地跑了回来,看着林大娘的面孔说道:

"橱门上的钥匙呢?给我!"

林大娘的脸色立刻变成灰白,瞪出了眼睛望着她的丈夫,永远不放松她的打呃忽然静定了半晌。

"没有办法,只好去斋斋那些闲神野鬼了——"

林先生顿住了,叹一口气,然后又接下去说:

"至多我花四百块。要是党部里还嫌少,我拼着不做生意,等他们来封!——我们对过的裕昌祥,进的东洋货比我多,足足有一万多块钱的码子呢,也只花了五百块,就太平无事了。——五百块!算是吃了几笔倒账罢!——钥匙!咳!那一个金项圈,总可以兑成三百块……"

"呃,呃,真——好比强盗!"

林大娘摸出那钥匙来,手也颤抖了,眼泪扑簌簌地往下掉。林小姐却反不哭了,瞪着一对泪眼,呆呆地出神,她恍惚看见那个曾经到她学校里来演说而且饿狗似的盯住看她的什么委员,一个怪叫人讨厌的黑麻子,捧住了她家的金项圈在半空里跳,张开了大嘴巴笑。随后,她又恍惚看见这强盗似的黑麻子和她的父亲吵嘴,父亲被他打了……

"啊哟!"

林小姐猛然一声惊叫,就扑在她妈的身上。林大娘慌得没有工夫尽打呃,挣扎着说:

"阿囡,呃,不要哭——过了年,你爸爸有钱,就给你制新衣服——呃,那些狠心的强盗!都咬定我们有钱,呃,一年一年亏空,你爸爸做做肥田粉生意又上当,呃——店里全是别人的钱了。阿囡,呃,呃,我这病,活着也受罪——呃,再过两年,你十九岁,招得个好女婿。呃,我死也放心了！——救苦救难观世音菩萨！呃——"

二

第二天，林先生的铺子里新换过一番布置。将近一星期不曾露脸的东洋货又都摆在最惹眼的地位了。林先生又摹仿上海大商店的办法，写了许多"大廉价照码九折"的红绿纸条，贴在玻璃窗上。这天是阴历腊月二十三，正是乡镇上洋广货店的"旺月"。不但林先生的额外支出"四百元"指望在这时候捞回来，就是林小姐的新衣服也靠托在这几天的生意好。

十点多钟，赶市的乡下人一群一群的在街上走过了，他们臂上挽着篮，或是牵着小孩子，粗声大气地一边在走，一边在谈话。他们望到了林先生的花花绿绿的铺面，都站住了，仰起脸，老婆唤丈夫，孩子叫爹娘，啧啧地夸羡那些货物。新年快到了，孩子们希望穿一双新袜子，女人们想到家里的面盆早就用破，全家合用的一条面巾还是半年前的老家伙，肥皂又断绝了一个多月，趁这里"卖贱货"，正该买一点。林先生坐在账台上，抖擞着精神，堆起满脸的笑容，眼睛望着那些乡下人，又带睄着自己铺子里的两个伙计，两个学徒，满心希望货物出去，洋钱进来。但是这些乡下人看了一会，指指点点夸羡了一会，竟自懒洋洋地走到斜对门的裕昌祥铺面前站住了再看。林先生伸长了脖子，望到那班乡下人的背影，眼睛里冒出火来。他恨不得拉他们回来！

"呃——呃——"

坐在账台后面那道分隔铺面与"内宅"的蝴蝶门旁边的林大娘把勉强忍住了半晌的"呃"放出来。林小姐倚在她妈的身边，呆呆地望着街上不作声，心头却是卜卜地跳；她的新衣服至少已经走脱了半件。

林先生赶到柜台前睁大了妒忌的眼睛看着斜对门的同业裕昌祥。那边的四五个店员一字儿摆在柜台前，等候做买卖。但是那班乡下人没有一个走近到柜台边，他们看了一会儿，又照样的走过去了。林先生觉得心头一松，忍不住望着裕昌祥的伙计笑了一笑。这时又有七八人一队的乡下人走到林先生的铺面前，其中有一位年青的居然上前一步，歪着头看那些挂着的洋伞。林先生猛转过脸来，一对嘴唇皮立刻嘻开了；他亲自兜揽这位意想中的顾客了：

"喂，阿弟，买洋伞么？便宜货，一只洋卖九角！看看货色去。"

一个伙计已经取下了两三把洋伞，立刻撑开了一把，热刺刺地塞到那年青乡下人的手里，振起精神，使出夸卖的本领来：

"小当家，你看！洋缎面子，实心骨子，晴天，落雨，耐用好看！九角洋钱一顶，再便宜没有了！……那边是一只洋一顶，货色还没有这等好呢，你比一比就明白。"

那年青的乡下人拿着伞，没有主意似的张大了嘴巴。他回过头去望着一位五十多岁的老头子，又把手里的伞撅了一撅，似乎说："买一把罢？"老头子却老大着急地吆喝道：

"阿大！你昏了，想买伞！一船硬柴，一古脑儿只卖了三块多钱，你娘等着量米回去吃，哪有钱来买伞！"

"货色是便宜，没有钱买！"

站在那里观望的乡下人都叹着气说，懒洋洋地都走了。那年青的乡下人满脸涨红，摇一下头，放了伞也就要想走，这可把林先生急坏了，赶快让步问道：

"喂，喂，阿弟，你说多少钱呢？——再看看去，货色是靠得住的！"

"货色是便宜，钱不够。"

老头子一面回答，一面拉住了他的儿子，逃也似的走了。林先生苦着脸，踱回到账台里，浑身不得劲儿。他知道不是自己不会做生意，委实是乡下人太穷了，买不起九毛钱的一顶伞。他偷眼再望斜对门的裕昌祥，也还是只有人站在那里看，没有人上柜台买。裕昌祥左右邻的生泰杂货店万牲糕饼店那就简直连看的人都没有半个。一群一群走过的乡下人都挽着篮子，但篮子里空无一物；间或有花蓝布的一包儿，看样子就知道是米；甚至一个多月前乡下人收获的晚稻也早已被地主们和高利贷的债主们如数逼光，现在乡下人不得不一升两升的量着贵米吃。这一切，林先生都明白，他就觉得自己的一份生意至少是间接的被地主和高利贷者剥夺去了。

时间渐渐移近正午，街上走的乡下人已经很少了，林先生的铺子就只做成了一块多钱的生意，仅仅足够开销了"大廉价照码九折"的红绿纸条的广告费。林先生垂头丧气走进"内宅"去，几乎没有勇气和女儿老婆相见。林小姐含着一泡眼泪，低着头坐在屋角；林大娘在一连串的打呃中，挣扎着对丈夫说：

"花了四百块钱——又忙了一个晚上摆设起来，呃，东洋货是准卖了，却又生意清淡，呃——阿囡的爷呀！……吴妈又要拿工钱——"

"还只半天呢！不要着急。"

林先生勉强安慰着，心里的难受，比刀割还厉害。他闷闷地踱了几步。所有推广营业的方法都想遍了，觉得都不是路。生意清淡，早已各业如此，并不是他一家呀；人们都穷了，可没有法子。但是他总还希望下午的营业能够比较好些。本镇的人家买东西大概在下午。难道他们过新年不买些东西？只要他们存心买，林先生的营业是有把握的。毕竟他的货物比别家便宜。

是这盼望使得林先生依然能够抖擞着精神坐在账台上守候他意想中的下午的顾客。

这下午照例和上午显然不同：街上并没很多的人，但几乎每个人都相识，都能够叫出他们的姓名，或是他们的父亲和祖父的姓名。林先生靠在柜台上，用了异常温和的眼光迎送这些慢慢地走着谈着经过他那铺面的本镇人。他时常笑嘻嘻地迎着常有交易的人喊道：

"呵，××哥，到清风阁去吃茶么？小店大放盘，交易点儿去！"

有时被唤着的那位居然站住了，走上柜台来，于是林先生和他的店员就要大忙而特忙，异常敏感地伺察着这位未可知的顾客的眼光，瞧见他的眼光瞥到什么货物上，就赶快拿出那种货物请他考较。林小姐站在那对蝴蝶门边看望，也常常被林先生唤出来对那位未可知的顾客叫一声"伯伯"。小学徒送上一杯便茶来，外加一枝小联珠。

在价目上，林先生也格外让步；遇到哪位顾客一定要除去一毛钱左右尾数的时候，他就从店员手里拿过那算盘来算了一会儿，然后不得已似的把那尾数从算盘上拨去，一面笑嘻嘻地说：

"真不够本呢！可是老主顾，只好遵命了。请你多作成几笔生意罢！"

整个下午就是这么张罗着过去了。连现带赊，大大小小，居然也有十来注交易。林先生早已汗透棉袍。虽然是累得那么着，林先生心里却很愉快。他冷眼偷看斜对门的裕昌祥，似乎赶不上自己铺子的"热闹"。常在那对蝴蝶门旁边看望的林小姐脸上也有些笑意，林大娘也少打几个呃了。

快到上灯时候，林先生核算这一天的"流水账"：上午等于零，下午卖了十六元八角五分，八块钱是赊账。林先生微微一笑，但立即皱紧了眉头了；他今天的"大放盘"确是照本出卖，开销都没着落，官利更说不上。他呆了一会儿，又开了账箱，取出几本账簿来翻着打了半天算盘；账上"人欠"的数目共有一千三百余元，本镇六百多，四乡七百多；可是"欠人"的客账，单是上海的东升字号就有八百，合计不下二千哪！林先生低声叹一口气，觉得明天以后如果生意依然没见好，那他这年关就有点难过了。他望着玻璃窗上"大放盘照码九折"的红绿纸条，心里这么想："照今天那样当真放盘，生意总该会见好；亏本么？没有生意也是照样的要开销。只好先拉些主顾来再慢慢儿想法提高货码……要是四乡还有批发生意来，那就更好！——"

突然有一个人来打断林先生的甜蜜梦想了。这是五十多岁的一位老婆子，巍颤颤地走进店来，手里拿着一个小小的蓝布包。林先生猛抬起头来，正和那老婆子打一个照面，想躲避也躲避不及，只好走上前去招呼她道：

"朱三太，出来买过年东西么？请到里面去坐坐。——阿秀，来扶朱三太。"

林小姐早已不在那对蝴蝶门边了，没有听到。那朱三太连连摇手,就在铺面里的一张椅子上坐了,郑重地打开她的蓝布手巾包——包里仅有一扣折子,她抖抖簌簌地双手捧了,直送到林先生的鼻子前,她的瘪嘴唇扭了几扭,正想说话,林先生早已一手接过那折子,同时抢先说道:

"我晓得了。明天送到你府上罢。"

"哦,哦;十月,十一月,十二月,一总是三个月,三三得九,是九块罢?——明天你送来?哦,哦,不要送,让我带了去。嗯!"

朱三太扭着她的瘪嘴唇,很艰难似的说。她有三百元的"老本"存在林先生的铺子里,按月来取三块钱的利息,可是最近林先生却拖欠了三个月,原说是到了年底总付,明天是送灶日,老婆子要买送灶的东西,所以亲自上林先生的铺子来了。看她那股扭起了一对瘪嘴唇的劲儿,光景是钱不到手就一定不肯走。

林先生抓着头皮不作声。这九块钱的利息,他何尝存心白赖,只是三个月来生意清淡,每天卖得的钱仅够开伙食,付捐税,不知不觉就拖欠下来了。然而今天要是不付,这老婆子也许会就在铺面上嚷闹,那就太丢脸,对于营业的前途很有影响。

"好,好,带了去罢,带了去罢!"

林先生终于斗气似的说,声音有点儿哽咽。他跑到账台里,把上下午卖得的现钱归并起来,又从腰包里掏出一个双毫,这才凑成了八块大洋,十角小洋,四十个铜子,交付了朱三太。当他看见那老婆子把这些银洋铜子郑重地数了又数,而且抖抖簌簌地放在那蓝布手巾上包了起来的时候,他忍不住叹一口气,异想天开地打算拉回几文来;他勉强笑着说:

"三阿太,你这蓝布手巾太旧了,买一块老牌麻纱白手帕去罢?我们有上好的洗脸手巾,肥皂,买一点儿去新年里用罢。价钱公道!"

"不要,不要,老太婆了,用不到。"

朱三太连连摇手说,把折子藏在衣袋里,捧着她的蓝布手巾包竟自去了。

林先生哭丧着脸,走回"内宅"去。因这朱三太的上门来讨利息,他记起还有两注存款,桥头陈老七的二百元和张寡妇的一百五十元,总共十来块钱的利息,都是"不便"拖欠的,总得先期送去。他抡着指头算日子:廿四,廿五,廿六——到廿六,放在四乡的账头该可以收齐了,店里的寿生是前天出去收账的,极迟是廿六应该回来了;本镇的账头总得到廿八九方才有个数目。然而上海号家的收账客人说不定明后天就会到,只有再向恒源钱庄去借了。但是明天的门市怎样?……

他这么低着头一边走,一边想,猛听得女儿的声音在他耳边说:

"爸爸,你看这块大绸好么?七尺,四块二角,不贵罢?"

林先生心里蓦地一跳,站住了睁大着眼睛,说不出话。林小姐手里托着那块绸,却在那里憨笑。四块二角!数目可真不算大,然而今天店里总共只卖得十六块多,并且是老实照本贱卖的呀!林先生怔了一会儿,方才没精打彩地问道:

"你哪来的钱呢?"

"挂在账上。"

林先生听得又是欠账,忍不住皱一下眉头。但女儿是自己宠惯了的,林大娘又抵死偏护着,林先生没奈何只有苦笑。过一会儿,他到底叹一口气,轻轻埋怨道:

"那么性急!过了年再买岂不是好!"

三

又过了两天,"大放盘"的林先生的铺子,生意果然很好,每天可以做三十多元的生意了。林大娘的打呃,大大减少,平均是五分钟来一次;林小姐在铺面和"内宅"之间跳进跳出,脸上红喷喷地时常在笑,有时竟在铺面帮忙招呼生意,直到林大娘再三唤她,方才跑进去,一边擦着额上的汗珠,一边兴冲冲地急口说:

"妈呀,又叫我进来干么!我不觉得辛苦呀!妈!爸爸累得满身是汗，嗓子也喊哑了！——刚才一个客人买了五块钱东西呢！妈！不要怕我辛苦，不要怕！爸爸叫我歇一会儿就出去呢！"

林大娘只是点头，打一个呃，就念一声"大慈大悲菩萨"。客厅里本就供奉着一尊瓷观音，点着一炷香，林大娘就摇摇摆摆走过去磕头，谢菩萨的保佑，还要祷请菩萨一发慈悲，保佑林先生的生意永远那么好，保佑林小姐易长易大，明年就得个好女婿。

但是在铺面张罗的林先生虽然打起精神做生意，脸上笑容不断，心里却像有几根线牵着。每逢卖得了一块钱，看见顾客欣然挟着纸包而去，林先生就忍不住心里一顿，在他心里的算盘上就加添了五分洋钱的血本的亏折。他几次想把这个"大放盘"时每块钱的实足亏折算成三分，可是无论如何，算来算去总得五分。生意虽然好，他却越卖越心疼了。在柜台上招呼主顾的时候，他这种矛盾的心理有时竟至几乎使他发晕。偶尔他偷眼望望斜对门的裕昌祥，就觉得那边闲立在柜台边的店员和掌柜嘴角上都带着讥讽的讪笑，似乎都在说："看这姓林的傻子呀！当真亏本放盘哪！看着罢，他的生意越好，就越亏本，倒闭得越快！"那时候，林先生便咬一下嘴唇，决定明天无论如何要把货码提高，要把次等货标上头等货的价格。

给林先生斡旋那"封存东洋货"问题的商会长当走过林

先生铺子的时候,也微微笑着,站住了对林先生贺喜,并且拍着林先生的肩膀,轻声说:

"如何?四百块钱是花得不冤枉罢!——可是,卜局长那边,你也得稍稍点缀,防他看得眼红,也要来敲诈。生意好,妒忌的人就多;就是卜局长不生心,他们也要去挑拨呀!"

林先生谢商会长的关切,心里老大吃惊,几乎连做生意都没有精神。

然而最使他心神不宁的,是店里的寿生出去收账到现在还没回来,林先生是等着寿生收的钱来开销"客账"。上海东升字号的收账客人前天早已到镇,直催逼得林先生再没有话语支吾了。如果寿生再不来,林先生只有向恒源钱庄借款的一法,这一来,林先生又将多负担五六十元的利息,这在见天亏本的林先生委实比割肉还心疼。

到四点钟光景,林先生忽然听得街上走过的人们乱哄哄地在议论着什么,人们的脸色都很惶急,似乎发生了什么大事情了。一心惦念着出去收账的寿生是否平安的林先生就以为一定是快班船遭了强盗抢,他的心卜卜地乱跳。他唤住了一个路人焦急地问道:

"什么事?是不是栗市快班遭了强盗抢?"

"哦!又是强盗抢么?路上真不太平!抢,还是小事,还要绑人去哪!"

那人，有名的闲汉陆和尚，含糊地回答，同时睒着半只眼睛看林先生铺子里花花绿绿的货物。林先生不得要领，心里更急，丢开陆和尚，就去问第二个走近来的人，桥头的王三毛。

"听说栗市班遭抢，当真么？"

"那一定是太保阿书手下人干的，太保阿书是枪毙了，他的手下人多么厉害！"

王三毛一边回答，一边只顾走。可是林先生却急坏了，冷汗从额角上钻出来。他早就估量到寿生一定是今天回来，而且是从栗市——收账程序中预定的最后一处，坐快班船回来；此刻已是四点钟，不见他来，王三毛又是那样说，那还有什么疑义么？林先生竟忘记了这所谓"栗市班遭强盗抢"乃是自己的发明了！他满脸急汗，直往"内宅"跑；在那对蝴蝶门边忘记跨门槛，几乎绊了一交。

"爸爸！上海打仗了！东洋兵放炸弹烧闸北——"

林小姐大叫着跑到林先生跟前。

林先生怔了一下。什么上海打仗，原就和他不相干，但中间既然牵连着"东洋兵"，又好像不能不追问一声了。他看着女儿的很兴奋的脸孔问道：

"东洋兵放炸弹么？你从哪里听来的？"

"街上走过的人全是那么说。东洋兵放大炮，掷炸弹。闸北烧光了！"

"哦,那么,有人说栗市快班强盗抢么?"

林小姐摇头,就像扑火的灯蛾似的扑向外面去了。林先生迟疑了一会儿,站在那蝴蝶门边抓头皮。林大娘在里面打呃,又是喃喃地祷告:"菩萨保佑,炸弹不要落到我们头上来!"林先生转身再到铺子里,却见女儿和两个店员正在谈得很热闹。对门生泰杂货店里的老板金老虎也站在柜台外边指手画脚地讲谈。上海打仗,东洋飞机掷炸弹烧了闸北,上海已经罢市,全都证实了。强盗抢快班船么?没有听人说起过呀!栗市快班么?早已到了,一路平安。金老虎看见那快班船上的伙计刚刚背着两个蒲包走过的。林先生心里松一口气,知道寿生今天又没回来,但也知道好好儿的没有逢到强盗抢。

现在是满街都在议论上海的战事了。小伙计们夹在闹里骂"东洋乌龟"!竟也有人当街大呼:"再买东洋货就是忘八!"林小姐听着,脸上就飞红了一大片。林先生却还不动神色。大家都卖东洋货,并且大家花了几百块钱以后,都已经奉着特许:"只要把东洋商标撕去了就行。"他现在满店的货物都已经称为"国货",买主们也都是"国货,国货"地说着,就拿走了。在此满街人人为了上海的战事而没有心思想到生意的时候,林先生始终在筹虑他的正事。他还是不肯花重利去借庄款,他去和上海号家的收账客人情商,请他再多等这么一天两天。他的寿生极迟明天晚快边总该会到。

"林老板，你也是明白人，怎么说出这种话来呀！现在上海开了火，说不定明后天火车就不通，我是巴不得今晚上就动身呢！怎么再等一两天？请你今天把账款缴清，明天一早我好走。我也是吃人家的饭，请你照顾照顾罢！"

上海客人毫无通融地拒绝了林先生的情商。林先生看来是无可商量了，只好忍痛去到恒源钱庄上商借。他还恐怕那"钱猢狲"知道他是急用，要趁火打劫，高抬利息。谁知钱庄经理的口气却完全不对了。那痨病鬼经理听完了林先生的申请，并没作答，只管捧着他那老古董的水烟筒卜落落卜落落的呼，直到烧完一根纸吹，这才慢吞吞地说：

"不行了！东洋兵开仗，上海罢市，银行钱庄都封关，知道他们几时弄得好！上海这路一断，敝庄就成了没脚蟹，汇划不通，比尊处再好的户头也只好不做了。对不起，实在爱莫能助！"

林先生呆了一呆，还总以为这痨病鬼经理故意刁难，无非为提高利息作地步，正想结结实实说几句恳求的话，却不料那经理又逼进一步道：

"刚才敝东吩咐过，他得的信，这次的乱子恐怕要闹大，叫我们收紧盘子！尊处原欠五百，廿二那天，又是一百，总共是六百，年关前总得扫数归清；我们也算是老主顾，今天先透一个信，免得临时多费口舌，大家面子上难为情。"

"哦——可是小店里也实在为难。要看账头收得怎样。"

林先生呆了半晌,这才呐出这两句话。

"嘿!何必客气!宝号里这几天来的生意比众不同,区区六百块钱,还为难么?今天是同老兄说明白了,总望扫数归清,我在敝东跟前好交代。"

痨病鬼经理冷冷地说,站起来了。林先生冷了半截身子,瞧情形是万难挽回,只好硬着头皮走出了那家钱庄。他此时这才明白原来远在上海的打仗也要影响到他的小铺子了。今年的年关当真是难过:上海的收账客人立逼着要钱,恒源里不许宕过年,寿生还没回来,知道他怎样了,镇上的账头,去年只收起八成,今年瞧来连八成都捏不稳——横在他前面的路,只有一条:"暂停营业,清理账目!"而这条路也就等于破产,他这铺子里早已没有自己的资本,一旦清理,剩给他的,光景只有一家三口三个光身子!

林先生愈想愈仄,走过那座望仙桥时,他看看桥下的浑水,几乎想纵身一跳完事。可是有一个人在背后唤他道:

"林先生,上海打仗了,是真的罢?听说东栅外刚刚调来了一支兵,到商会里要借饷,开口就是二万,商会里正在开会呢!"

林先生急回过脸去看,原来正是那位存有两百块钱在他铺子里的陈老七,也是林先生的一位债主。

"哦——"

林先生打一个冷噤,只回答了这一声,就赶快下桥,一口气跑回家去。

四

这晚上的夜饭,林大娘在家常的一荤二素以外,特又添了一个碟子,是到八仙楼买来的红焖肉,林先生心爱的东西。另外又有一斤黄酒。林小姐笑不离口,为的铺子里生意好,为的大绸新旗袍已经做成,也为的上海竟然开火,打东洋人。林大娘打呃的次数更加少了,差不多十分钟只来一回。

只有林先生心里发闷到要死。他喝着闷酒,看看女儿,又看看老婆,几次想把那炸弹似的恶消息宣布,然而终于没有那样的勇气。并且他还不曾绝望,还想挣扎,至少是还想掩饰他的两下里碰不到头。所以当商会里议决了答应借饷五千并且要林先生摊认二十元的时候,他毫不推托,就答应下来了。他决定非到最后五分钟不让老婆和女儿知道那家道困难的真实情形。他的划算是这样的:人家欠他的账收一个八成罢,他还人家的账也是个八成——反正可以借口上海打仗,钱庄不通;为难的是人欠我欠之间尚差六百光景,那只有用剜肉补疮的方法拼命放盘卖贱货,且捞几个钱来渡过了眼前再说。这年头儿,谁能够顾到将来呢?眼前得过且过。

是这么想定了办法，又加上那一斤黄酒的力量，林先生倒酣睡了一夜，噩梦也没有半个。

第二天早上，林先生醒来时已经是六点半钟。天色很阴沉。林先生觉得有点头晕。他匆匆忙忙吞进两碗稀饭，就到铺子里，一眼就看见那位上海客人板起了脸孔在那里坐守"回话"。而尤其叫林先生猛吃一惊的，是斜对门的裕昌祥也贴起红红绿绿的纸条，也在那里"大放盘照码九折"了！林先生昨夜想好的"如意算盘"立刻被斜对门那些红绿纸条冲一个摇摇不定。

"林老板，你真是开玩笑！昨晚上不给我回音。轮船是八点钟开，我还得转乘火车，八点钟这班船我是非走不行！请你快点——"

上海客人不耐烦地说，把一个拳头在桌子上一放。林先生只有陪不是，请他原谅，实在是因为上海打仗钱庄不通，彼此是多年的老主顾，务请格外看承。

"那么叫我空手回去么？"

"这，这，断乎不会。我们的寿生一回来，有多少付多少，我要是藏落半个钱，不是人！"

林先生颤着声音说，努力忍住了滚到眼眶边的眼泪。

话是说到尽头了，上海客人只好不再噜苏，可是他坐在那里不肯走。林先生急得什么似的，心是卜卜地乱跳。近年他虽然万分拮据，面子上可还遮得过；现在摆一个人在铺子里坐守,这件事要是传扬开去,他的信用可就完了,他的债户还多着呢,万一群起效尤,他这铺子只好立刻关门。他在没有办法中想办法,几次请这位讨账客人到内宅去坐,然而讨账客人不肯。

天又索索地下起冻雨来了。一条街上冷清清地简直没有人行。自有这条街以来,从没见过这样萧索的腊尾岁尽。朔风吹着那些招牌,嚓嚓地响。渐渐地冻雨又有变成雪花的模样。沿街店铺里的伙计们靠在柜台上仰起了脸发怔。

林先生和那位收账客人有一句没一句的闲谈着。林小姐忽然走出蝴蝶门来站在街边看那索索的冻雨。从蝴蝶门后送来的林大娘的呃呃的声音又渐渐儿加勤。林先生嘴里应酬着,一边看看女儿,又听听老婆的打呃,心里一阵一阵酸上来,想起他的一生简直毫没幸福,然而又不知道坑害他到这地步的,究竟是谁。那位上海客人似乎气平了一些了,忽然很恳切地说:

"林老板,你是个好人。一点嗜好都没有,做生意很巴结认真。放在二十年前,你怕不发财么?可是现今时势不同,捐税重,开销大,生意又清,混得过也还是你的本事。"

林先生叹一口气苦笑着,算是谦逊。

上海客人顿了一顿,又接着说下去:

"贵镇上的市面今年又比上年差些,是不是?内地全靠乡庄生意,乡下人太穷,真是没有法子——呀,九点钟了!

怎么你们的收账伙计还没来呢？这个人靠得住么？"

林先生心一跳，暂时回答不出来。虽然是七八年的老伙计，一向没有出过岔子，但谁能保到底呢！而况又是过期不见回来。上海客人看着林先生那迟疑的神气，就笑；那笑声有几分异样。忽然那边林小姐转脸对林先生急促地叫道：

"爸爸，寿生回来了！一身泥！"

显然林小姐的叫声也是异样的，林先生跳起来，又惊又喜，着急的想跑到柜台前去看，可是心慌了，两腿发软。这时寿生已经跑了进来，当真是一身泥，气喘喘地坐下了，说不出话来。林先生估量那情形不对，吓得没有主意，也不开口。上海客人在旁边皱眉头。过了一会儿，寿生方才喘着气说：

"好险呀！差一些儿被他们抓住了！"

"到底是强盗抢了快班船么？"

林先生惊极，心一横，倒逼出话来了。

"不是强盗。是兵队拉夫呀！昨天下午赶不上趁快班。今天一早趁航船，哪里知道航船听得这里要捉船，就停在东栅外了。我上岸走不到半里路，就碰到拉夫。西面宝祥衣庄的阿毛被他们拉去了。我跑得快，抄小路逃了回来。他妈的，性命交关！"

寿生一面说，一面撩起衣服，从肚兜里掏出一个手巾包来递给了林先生，又说道：

"都在这里了。栗市的那家黄茂记很可恶,这种户头,我们明年要留心!——我去洗一个脸,换件衣服再来。"

林先生接了那手巾包,捏一把,脸上有些笑容了。他到账台里打开那手巾包来。先看一看那张"清单",打了一会儿算盘,然后点检银钱数目:是大洋十一元,小洋二百角,钞票四百二十元,外加即期庄票两张,一张是规元五十两,又一张是规元六十五两。这全部付给上海客人,照账算也还差一百多元。林先生凝神想了半晌,斜眼偷看了坐在那里吸烟的上海客人几次,方才叹一口气,割肉似的拿起那两张庄票和四百元钞票捧到上海客人跟前,又说了许多话,方才得到上海客人点一下头,说一声"对啦"。

但是上海客人把庄票看了两遍,忽又笑着说道:

"对不起,林老板,这庄票,费神兑了钞票给我罢!"

"可以,可以。"

林先生连忙回答,慌忙在庄票后面盖了本店的书柬图章,派一个伙计到恒源庄去取现,并且叮嘱了要钞票。又过了半晌,伙计却是空手回来。恒源庄把票子收了,但不肯付钱;据说是扣抵了林先生的欠款。天是在当真下雪了。林先生也没张伞,冒雪到恒源庄去亲自交涉,结果是徒然。

"林老板,怎样了呢?"

看见林先生苦着脸跑回来,那上海客人不耐烦地问了。

林先生几乎想哭出来,没有话回答,只是叹气。除了央求那上海客人再通融，还有什么别的办法？寿生也来了，帮着林先生说。他们赌咒：下欠的二百多元，赶明年初十边一定汇到上海。是老主顾了，向来三节清账，从没半句话，今儿实在是意外之变，大局如此，没有办法，非是他们刁赖。

然而不添一些，到底是不行的。林先生忍痛又把这几天内卖得的现款凑成了五十元，算是总共付了四百五十元，这才把那位叫人头痛的上海收账客人送走了。

此时已有十一点了，天还是飘飘扬扬落着雪。买客没有半个。林先生纳闷了一会儿，和寿生商量本街的账头怎样去收讨。两个人的眉头都皱紧了，都觉得本镇的六百多元账头收起来真没有把握。寿生挨着林先生的耳朵悄悄地说道：

"听说南栅的聚隆，西栅的和源，都不稳呢！这两处欠我们的，就有三百光景，这两笔倒账要预先防着，吃下了，可不是玩的！"

林先生脸色变了，嘴唇有点抖。不料寿生把声音再放低些，支支吾吾地说出了更骇人的消息来：

"还有，还有讨厌的谣言，是说我们这里了。恒源庄上一定听得了这些风声，这才对我们逼得那么急。说不定上海的收账客人也有点晓得——只是，谁和我们作对呢？难道就是斜对门么？"

寿生说着，就把嘴向裕昌祥那边努了一努。林先生的眼光跟着寿生的嘴也向那边瞥了一下，心里直是乱跳，哭丧着脸，好半天说不出话来。他的又麻又痛的心里感到这一次他准是毁了！——不毁才是作怪：党老爷敲诈他，钱庄压逼他，同业又中伤他，而又要吃倒账；凭谁也受不了这样重重的磨折罢？而究竟为了什么他应该活受罪呀！他，从父亲手里继承下这小小的铺子，从没敢浪费；他，做生意多么巴结；他，没有害过人，没有起过歹心；就是他的祖上，也没害过人，做过歹事呀！然而他直如此命苦！天老爷没有眼睛！

"不过，师傅，随他们去造谣罢，你不要发急。荒年传乱话，听说是镇上的店铺十家有九家没法过年关。时势不好，市面清得不成话，素来硬朗的铺子今年都打饥荒，也不是我们一家困难！天塌压大家，商会里总得议个办法出来；总不能大家一齐拖倒，弄得市面更加不像市面。"

看见林先生急苦了，寿生姑且安慰着，忍不住也叹了一口气。

雪是愈下愈密了，街上已经见白。偶尔有一条狗垂着尾巴走过，抖一抖身体，摇落了厚积在毛上的那些雪，就又悄悄地夹着尾巴走了。自从有这条街以来，从没见过这样冷落凄凉的年关！而此时，远在上海，日本军的重炮正在发狂地轰毁那边繁盛的市廛！

五

凄凉的年关，终于也过去了。镇上的大小铺子倒闭了二十八家。内中有一家"信用素著"的绸庄。欠了林先生三百元货账的聚隆与和源也毕竟倒了。大年夜的白天，寿生到那两个铺子里磨了半天，也只拿了二十多块来；这以后，就听说没有一个收账员拿到半文钱，两家铺子的老板都躲得不见面了。林先生自己呢，多亏商会长一力斡旋，还无须往乡下躲，然而欠下恒源钱庄的四百多元非要正月十五以前还清不可；并且又订了苛刻的条件：从正月初五开市那天起，恒源就要派人到林先生铺子里"守提"，卖得的钱，八成归恒源扣账。

新年那四天，林先生家里就像一个冰窖。林先生常常叹气，林大娘的打呃像连珠炮。林小姐虽然不打呃，也不叹气，但是呆呆的，好像害了多年的黄病。她那件大绸新旗袍，为的要付吴妈的工钱，已经上了当铺；小学徒从清早七点钟就去那家唯一的当铺门前守候，直到九点钟方才从人堆里拿了两块钱挤出来。以后，当铺就止当了。两块钱！这已是最高价。随你值多少钱的贵重衣饰，也只能当得两块呢！叫做"两块钱封门"。乡下人忍着冷剥下身上的棉袄递上柜台去，那当铺里的伙计拿起来抖了一抖，就直丢出去，怒声喊道："不当！"

元旦起,是大好的晴天。关帝庙前那空场上,照例来了跑江湖赶新年生意的摊贩和变把戏的杂耍。人们在那些摊子面前懒懒地拖着腿走,两手扪着空的腰包,就又懒懒地走开了。孩子们拉住了娘的衣角,赖在花炮摊前不肯走,娘就给他一个老大的耳光。那些特来赶新年的摊贩们连伙食都开销不了,白赖在"安商客寓"里,天天和客寓主人吵闹。

只有那班变把戏的出了八块钱的大生意,党老爷们唤他们去点缀了一番"升平气象"。

初四那天晚上,林先生勉强筹措了三块钱,办一席酒请铺子里的"相好"吃照例的"五路酒",商量明天开市的办法。林先生早就筹思过熟透:这铺子开下去呢,眼见得是亏本的生意;不开呢,他一家三口儿简直没有生计,而且到底人家欠他的货账还有四五百,他一关门更难讨取;唯一的办法是减省开支,但捐税派饷是逃不了的,"敲诈"尤其无法躲避,裁去一两个店员罢,本来他只有三个伙计,寿生是左右手,其余的两位也是怪可怜见的,况且辞歇了到底也不够招呼生意;家里呢,也无可再省,吴妈早已辞歇。他觉得只有硬着头皮做下去,或者靠菩萨的保佑,乡下人春蚕熟;他的亏空还可以补救。

但要开市,最大的困难是缺乏货品。没有现钱寄到上海去,就拿不到货。上海打得更厉害了,赊账是休转这念头。

卖底货罢,他店里早已淘空,架子上那些装卫生衣的纸盒就是空的,不过摆在那里装幌子。他铺子里就剩了些日用杂货,脸盆毛巾之类,存底还厚。

大家喝了一会儿闷酒,抓腮挖耳地想不出好主意。后来谈起闲天来,一个伙计忽然说:

"乱世年头,人比不上狗!听说上海闸北烧得精光,几十万人都只逃得一个光身子。虹口一带呢,烧是还没烧,人都逃光了,东洋人凶得很,不许搬东西。上海房钱涨起几倍。逃出来的人都到乡下来了,昨天镇上就到了一批,看样子都是好好的人家,现在却弄得无家可归!"

林先生摇头叹气。寿生听了这话,猛的想起了一个好办法;他放下了筷子,拿起酒杯来一口喝干了,笑嘻嘻对林先生说道:

"师傅,听得阿四的话么?我们那些脸盆、毛巾、肥皂、袜子、牙粉、牙刷,就可以如数销清了。"

林先生瞪出了眼睛,不懂得寿生的意思。

"师傅,这是天大的机会。上海逃来的人,总还有几个钱,他们总要买些日用的东西,是不是?这笔生意,我们赶快去张罗!"

寿生接着又说,再筛出一杯酒来喝了,满脸是喜气。两个伙计也省悟过来了,哈哈大笑。只有林先生还不很了然。近来的逆境已经把他变成糊涂。他惘然问道:

"你拿得稳么？脸盆、毛巾，别家也有——"

"师傅，你忘记了！脸盆毛巾一类的东西只有我们存底独多！裕昌祥里拿不出十只脸盆，而且都是拣剩货。这笔生意，逃不出我们的手掌心的了！我们赶快多写几张广告到四栅去分贴，逃难人住的地方——嗳，阿四，他们住在什么地方？我们也要去贴广告。"

"他们有亲戚的住到亲戚家里去了，没有的，还借住在西栅外茧厂的空房子。"

叫做阿四的伙计回答，脸上发亮，很得意自己的无意中立了大功。林先生这时也完全明白了。心里一快乐，就又灵活起来。他马上拟好了广告的底稿，专拣店里有的日用品开列上去，约莫也有十几种。他又摹仿上海大商店卖"一元货"的方法，把脸盆、毛巾、牙刷、牙粉配成一套卖一块钱，广告上就大书"大廉价一元货"。店里本来还有余剩下的红绿纸，寿生大张的裁好了，拿笔就写。两个伙计和学徒就乱哄哄地拿过脸盆，毛巾、牙刷、牙粉来装配成一组。人手不够，林先生叫女儿出来帮着写，帮着扎配，另外又配出几种"一元货"，全是零星的日用必需品。

这一晚上，林家铺子里直忙到五更左右，方才大致就绪。第二天清早，开门鞭炮响过，排门开了，林家铺子布置得又是一新。漏夜赶起来的广告早已漏夜分头贴出去。西栅外茧厂一带是寿生亲自去布置，哄动那些借住在茧厂里的逃难人,都起来看,当做一件新闻。

"内宅"里,林大娘也起了个五更,瓷观音面前点了香,林大娘爬着磕了半天响头。她什么都祷告全了,就只差没有祷告菩萨要上海的战事再扩大再延长,好多来些逃难人。

一切都很顺利,一切都不出寿生的预料。新正开市第一天就只林家铺子生意很好,到下午四点多钟,居然卖了一百多元,是这镇上近十年来未有的新纪录。销售的大宗,果然是"一元货",然而洋伞橡皮雨鞋之类却也带起了销路,并且那生意也做的干脆有味。虽然是"逃难人",却毕竟住在上海,见过大场面,他们不像乡下人或本镇人那么小格式,他们买东西很爽利,拿起货来看了一眼,现钱交易,从不拣来拣去,也不硬要除零头。

林大娘看见女儿兴冲冲地跑进来夸说一回,就爬到瓷观音面前磕了一回头。她心里还转了这样的念头:要不是岁数相差得多,把寿生招做女婿倒也是好的!说不定在寿生那边也时常用半只眼睛看望着这位厮熟的十七岁的"师妹"。

只有一点,使林先生扫兴;恒源庄毫不顾面子地派人来提取了当天营业总数的八成。并且存户朱三阿太、桥头陈老七,还有张寡妇,不知听了谁的怂恿,都借了"要量米吃"的借口,都来预支息金;不但支息金,还想拔提一点存款呢!但也有一个喜讯,听说又到了一批逃难人。

晚餐时，林先生特添了两碟荤菜，酬劳他的店员。大家称赞寿生能干。林先生虽然高兴，却不能不惦念着朱三阿太等三位存户要提存款的事情。大新年碰到这种事，总是不吉利。寿生愤然说：

"那三个懂得什么呢！还不是有人从中挑拨！"

说着，寿生的嘴又向斜对门努了一努。林先生点头。可是这三位不懂什么的，倒也难以对付；一个是老头子，两个是孤苦的女人，软说不肯，硬来又不成。林先生想了半天觉得只有去找商会长，请他去和那三位宝贝讲开。他和寿生说了，寿生也竭力赞成。

于是晚饭后算过了当天的"流水账"，林先生就去拜访商会长。

林先生说明了来意后，那商会长一口就应承了，还夸奖林先生做生意的手段高明，他那铺子一定能够站住，而且上进。摸着自己的下巴，商会长又笑了一笑，伛过身体来说道：

"有一件事，早就想对你说，只是没有机会。镇上的卜局长不知在哪里见过令爱来，极为中意；卜局长年将四十，还没有儿子，屋子里虽则放着两个人，都没生育过；要是令爱过去，生下一男半女，就是现成的局长太太。呵，那时，就连我也沾点儿光呢！"

林先生做梦也想不到会有这样的难题，当下怔住了做不得声。商会长却又郑重地接着说：

"我们是老朋友，什么话都可以讲个明白。论到这种事呢，照老派说，好像面子上不好听；然而也不尽然。现在通行这一套，令爱过去也算是正的。——况且，卜局长既然有了这个心，不答应他，有许多不便之处。答应了，将来倒有巴望。我是替你打算，才说这个话。"

"咳，你怕不是好意劝我仔细！可是，我是小户人家，小女又不懂规矩，高攀卜局长，实在不敢！"

林先生硬着头皮说，心里卜卜乱跳。

"哈，哈，不是你高攀，是他中意。——就这么罢，你回去和尊夫人商量商量，我这里且搁着，看见卜局长时，就说还没机会提过，行不行呢？可是你得早点给我回音！"

"嗯——"

筹思了半晌，林先生勉强应着，脸色像是死人。

回到家里，林先生支开了女儿，就一五一十对林大娘说了。他还没说完，林大娘的呃就大发作，光景邻居都听得清。她勉强抑住了那些涌上来的呃，喘着气说道：

"怎么能够答应，呃，就不是小老婆，呃，呃——我也舍不得阿秀到人家去做媳妇！"

"我也是这个意思，不过——"

"呃，我们规规矩矩做生意，呃，难道我们不肯，他好抢了去不成？呃——"

"不过他一定要来找讹头生事！这种人比强盗还狠心！"

林先生低声说，几乎落下眼泪来。

"我拼了这条老命。呃！救苦救难观世音呀！"

林大娘颤着声音站了起来，摇摇摆摆想走。林先生赶快拦住，没口地叫道：

"往哪里去？往哪里去？"

同时林小姐也从房外来了，显然已经听见了一些，脸色灰白，眼睛死瞪瞪地。林大娘看见女儿，就一把抱住了，一边哭，一边打呃，一边喃喃地挣扎着喘着气说：

"呃，阿囡，呃，谁来抢你去，呃，我同他拼老命！呃，生你那年我得了这个——病，呃，好容易养到十七岁，呃，呃，死也死在一块儿！呃，早给了寿生多么好呢！呃！强盗，不怕天打的！"

林小姐也哭了，叫着："妈！"林先生搓着手叹气。看看哭得不像样，窄房浅屋的要惊动邻舍，大新年也不吉利，他只好忍着一肚子气来劝母女两个。

这一夜，林家三口儿都没有好生睡觉。明天一早，林先生还得起来做生意，在一夜的转侧愁思中，他偶尔听得屋面上一声响，心就卜卜地跳，以为是卜局长来寻他生事来了；然而定了神仔细想起来，自家是规规矩矩的生意人，又没犯法，只要生意好，不欠人家的钱，难道好无端生事，白诈他不成？而他的生意呢，眼前分明有一线生机。生了个女儿长的还端正，却又要招祸！早些定了亲，也许不会出这岔子？——商会长是不是肯真心帮忙呢，只有恳求他设法——可是林大娘又在打呃了，咳，她这病！

天刚发白，林先生就起身，眼圈儿有点红肿，头里发昏。可是他不能不打起精神招呼生意。铺面上靠寿生一个到底不行，这小伙子近几天来也就累得够了。

林先生坐在账台里，心总不定，生意虽然好，他却时时浑身的肉发抖。看见面生的大汉子上来买东西，他就疑惑是卜局长派来的人，来侦察他，来寻事；他的心直跳得发痛。

却也作怪，这天生意之好，出人意料。到正午，已经卖了五六十元，买客们中间也有本镇人。那简直不像买东西，简直是抢东西，只有倒闭了铺子拍卖底货的时候才有这种光景。林先生一边有点高兴，一边却也看着心惊，他估量"这样的好生意气色不正"。果然在午饭的时候，寿生就悄悄告诉道：

"外边又有谣言，说是你拆烂污卖一批贱货，捞到几个钱，就打算逃走！"

林先生又气又怕，开不得口。突然来了两个穿制服的人，直闯进来问道：

"谁是林老板？"

林先生慌忙站了起来，还没回答，两个穿制服的拉住他就走。寿生追上去，想要拦阻，又想要探询，那两个人厉声吆喝道：

"你是谁？滚开！党部里要他去问话！"

六

那天下午，林先生就没有回来。店里生意忙，寿生又不能抽空身子尽自去探听。里边林大娘本来还被瞒着，不防小学徒漏了嘴，林大娘那一急几乎一口气死去。她又死不放林小姐出那对蝴蝶门儿，说是：

"你的爸爸已经被他们捉去了，回头就要来抢你！呃——"

她只叫寿生进来问底细，寿生瞧着情形不便直说，只含糊安慰了几句道：

"师母，不要着急，没有事的！师傅到党部里去理直那些存款呢。我们生意好，怕什么的！"

背转了林大娘的面，寿生悄悄告诉林小姐，"到底为什么，还没得个准信儿"，他叮嘱林小姐且安心伴着"师母"，外边事有他呢。林小姐一点主意也没有，寿生说一句，她就点一下头。

这样又要招顾外面的生意，又要挖空心思找出话来对付林大娘不时的追询，寿生更没有工夫去探听林先生的下落。直到上灯时分，这才由商会长给他一个信：林先生是被党部扣住了，为的外边谣言林先生打算卷款逃走，然而林先生除有庄款和客账未清外，还有朱三阿太、桥头陈老七、张寡妇三位孤苦人儿的存款共计六百五十元没有保障，党部里是专替这些孤苦人儿谋利益的，所以把林先生扣起来，要他理直这些存款。

寿生吓得脸都黄了，呆了半晌，方才问道：

"先把人保出来，行么？人不出来，哪里去弄钱来呢？"

"嘿！保出人来！你空手去，让你保么？"

"会长先生，总求你想想法子，做好事。师傅和你老人家向来交情也不差，总求你做做好事！"

商会长皱着眉头沉吟了一会儿，又端相着寿生半晌，然后一把拉寿生到屋角里悄悄说道：

"你师傅的事，我岂有袖手旁观之理。只是这件事现在弄僵了！老实对你说，我求过卜局长出面讲情，卜局长只要你师傅答应一件事，他是肯帮忙的；我刚才到党部里会见你的师傅，劝他答应，他也答应了，那不是事情完了么？不料党部里那个黑麻子真可恶，他硬不肯——"

"难道他不给卜局长面子？"

"就是呀！黑麻子反而噜哩噜苏说了许多，卜局长几乎下不得台。两个人闹翻了！这不是这件事弄得僵透？"

寿生叹了口气，没有主意；停一会儿，他又叹一口气说：

"可是师傅并没犯什么罪。"

"他们不同你讲理！谁有势，谁就有理！你去对林大娘说，放心，还没吃苦，不过要想出来，总得花点儿钱！"

商会长说着，伸两个指头一扬，就匆匆地走了。

寿生沉吟着，没有主意；两个伙计攒住他探问，他也不回答。商会长这番话，可以告诉"师母"么？又得花钱！"师母"有没有私蓄，他不知道；至于店里，他很明白，两天来卖得的现钱，被恒源提了八成去，剩下只有五十多块，济得什么事！商会长示意总得两百。知道还够不够呀！照这样下去，生意再好些也不中用。他觉得有点灰心了。

里边又在叫他了，他只好进去瞧光景再定主意。

林大娘扶住了女儿的肩头，气喘喘地问道：

"呃，刚才，呃——商会长来了，呃，说什么？"

"没有来呀！"

寿生撒一个谎。

"你不用瞒我，呃——我，呃，全知道了；呃，你的脸色吓得焦黄！阿秀看见的，呃！"

"师母放心，商会长说过不要紧。——卜局长肯帮忙——"

"什么？呃，呃——什么？卜局长肯帮忙！——呃，呃，大慈大悲的菩萨，呃，不要他帮忙！呃，呃，我知道，你的师傅，呃呃，没有命了！呃，我也不要活了！呃，只是这阿秀,呃,我放心不下!呃,呃,你同了她去!呃,你们好好的做人家!呃,呃,寿生,呃,你待阿秀好,我就放心了!呃,去呀!他们要来抢!呃——狠心的强盗!观世音菩萨怎么不显灵呀!"

寿生睁大了眼睛,不知道怎样回话。他以为"师母"疯了,但可又一点不像疯。他偷眼看他的"师妹",心里有点跳;林小姐满脸通红,低了头不作声。

"寿生哥,寿生哥,有人找你说话!"

小学徒一路跳着喊进来。寿生慌忙跑出去,总以为又是商会长什么的来了,哪里知道竟是斜对门裕昌祥的掌柜吴先生。"他来干什么?"寿生肚子里想,眼光盯住在吴先生的脸上。

吴先生问过了林先生的消息,就满脸笑容,连说"不要紧"。寿生觉得那笑脸有点异样。

"我是来找你划一点货色——"

吴先生收了笑容,忽然转了口气,从袖子里摸出一张纸来。是一张横单,写得十几行,正是林先生所卖"一元货"的全部。寿生一眼瞧见就明白了,原来是这个把戏呀!他立刻说:

"师傅不在,我不能做主。"

"你和你师母说,还不是一样!"

寿生踌躇着不能回答。他现在有点懂得林先生之所以被捕了。先是谣言林先生要想逃,其次是林先生被扣住了,而现在却是裕昌祥来挖货,这一连串的线索都明白了。寿生想来有点气,又有点怕,他很知道,要是答应了吴先生的要求,那么,林先生的生意,自己的一番心血,都完了。可是不答应呢,还有什么把戏来,他简直不敢想下去了。最后他姑且试一试说:

"那么,我去和师母说,可是,师母女人家专要做现钱交易。"

"现钱么?哈,寿生,你是说笑话罢?"

"师母是这个脾气,我也是没法。最好等明天再谈罢。刚才商会长说,卜局长肯帮忙讲情,光景师傅今晚上就可以回来了。"

寿生故意冷冷的说,就把那张横单塞还吴先生的手里。吴先生脸上的肉一跳,慌忙把横单又推回到寿生手里,一面没口应承道:

"好,好,现账就是现账。今晚上交货,就是现账。"

寿生皱着眉头再到里边,把裕昌祥要挖货的事情对林大娘说了,并且劝她:

"师母,刚才商会长来,确实说师傅好好的在那里,并没吃苦;不过总得花几个钱,才能出来。店里只有五十块。现在裕昌祥来挖货,照这单子上看,总也有一百五十块光景,还是挖给他们罢,早点救师傅出来要紧!"

林大娘听说又要花钱,眼泪直淌,那一阵呃,当真打得震天响,她只是摇手,说不出话,头靠在桌子上,把桌子捶得怪响。寿生瞧来不是路,悄悄的退出去,但在蝴蝶门边,林小姐追上来了。她的脸色像死人一样白,她的声音抖而且哑,她急口地说:

"妈是气糊涂了!总说爸爸已经被他们弄死了!你,你赶快答应裕昌祥,赶快救爸爸!寿生哥,你——"

林小姐说到这里,忽然脸一红,就飞快地跑进去了。寿生望着她的后影,呆立了半分钟光景,然后转身,下决心担负这挖货给裕昌祥的责任,至少"师妹"是和他一条心要这么办了。

夜饭已经摆在店铺里了,寿生也没有心思吃,立等着裕昌祥交过钱来,他拿一百在手里,另外身边藏了八十,就飞跑去找商会长。

半点钟后,寿生和林先生一同回来了。跑进"内宅"的时候,林大娘看见了倒吓一跳。认明是当真活的林先生时,林大娘急急爬在瓷观音前磕响头,比她打呃的声音还要响。林小姐光着眼睛站在旁边,像是要哭,又像是要笑。寿生从身旁掏出一个纸包来,放在桌子上说:

"这是多下来的八十块钱。"

林先生叹了一口气,过一会儿,方才有声没气地说道:

"让我死在那边就是了,又花钱弄出来!没有钱,大家还是死路一条！"

林大娘突然从地下跳起来，着急的想说话，可是一连串的呃把她的话塞住了。林小姐忍住了声音，抽抽咽咽地哭。林先生却还不哭，又叹一口气，哽咽着说：

"货是挖空了！店开不成，债又逼的紧——"

"师傅！"

寿生叫了一声，用手指蘸着茶，在桌子上写了一个"走"字给林先生看。

林先生摇头，眼泪扑簌簌地直淌；他看看林大娘，又看看林小姐，又叹一口气。

"师傅！只有这一条路了。店里并凑起来，还有一百块，你带了去，过一两个月也就够了；这里的事，我和他们理直。"

寿生低声说。可是林大娘却偏偏听得了，她忽然抑住了呃，抢着叫道：

"你们也去！你，阿秀。放我一个人在这里好了，我拼老命！呃！"

忽然异常少健起来，林大娘转身跑到楼上去了。林小姐叫着"妈"，随后也追了上去。林先生望着楼梯发怔，心里感到有什么要紧的事，却又乱麻麻地总是想不起。寿生又低声说：

"师傅，你和师妹一同走罢！师妹在这里，师母不放心的！她总说他们要来抢——"

林先生淌着眼泪点头，可是打不起主意。

寿生忍不住眼圈儿也红了，叹一口气，绕着桌子走。

忽然听得林小姐的哭声。林先生和寿生都一跳。他们赶到楼梯头时，林大娘却正从房里出来，手里捧一个皮纸包儿。看见林先生和寿生都已在楼梯头了，她就缩回房去，嘴里说"你们也来，听我的主意"。她当着林先生和寿生的跟前，指着那纸包说道：

"这是我的私房，呃，光景有两百多块。分一半你们拿去。呃，阿秀，我做主配给寿生！呃，明天阿秀和她爸爸同走。呃，我不走！寿生陪我几天再说。呃，知道我还有几天活，呃，你们就在我面前拜一拜，我也放心！呃——"

林大娘一手拉着林小姐，一手拉着寿生，就要他们"拜一拜"。

都拜了，两个人脸上飞红，都低着头。寿生偷眼看林小姐，看见她的泪痕中含着一些笑意，寿生心头卜卜地乱跳了，反倒落下两滴眼泪。

林先生松一口气，说道：

"好罢，就是这样。可是寿生，你留在这里对付他们，万事要细心！"

七

　　林家铺子终于倒闭了。林老板逃走的新闻传遍了全镇。债权者中间的恒源庄首先派人到林家铺子里封存底货。他们又搜寻账簿。一本也没有了。问寿生。寿生躺在床上害病。又去逼问林大娘。林大娘的回答是连珠炮似的打呃和眼泪鼻涕。为的她到底是"林大娘",人们也没有办法。

　　十一点钟光景,大群的债权者在林家铺子里吵闹得异常厉害。恒源庄和其他的债权者争执怎样分配底货。铺子里虽然淘空,但连"生财"合计,也足够偿还债权者七成,然而谁都只想给自己争得九成或竟至十成。商会长说得舌头都有点僵硬了,却没有结果。

　　来了两个警察,拿着木棍站在门口吆喝那些看热闹的闲人。

　　"怎么不让我进去?我有三百块钱的存款呀!我的老本!"

　　朱三阿太扭着瘪嘴唇和警察争论,巍颤颤地在人堆里挤。她额上的青筋就有小指头儿那么粗。她挤了一会儿,忽然看见张寡妇抱着五岁的孩子在那里哀求另一个警察放她进去。那警察斜着眼睛,假装是调弄那孩子,却偷偷地用手背在张寡妇的乳部揉摸。

"张家嫂呀——"

朱三阿太气喘喘地叫了一声,就坐在石阶沿上,用力地扭着她的瘪嘴唇。

张寡妇转过身来,找寻是谁唤她;那警察却用了亵昵的口吻叫道:

"不要性急!再过一会儿就进去!"

听得这句话的闲人都笑起来了。张寡妇装作不懂,含着一泡眼泪,无目的地又走了一步。恰好看见朱三阿太坐在石阶沿上喘气。张寡妇跌撞似的也到了朱三阿太的旁边,也坐在那石阶沿上,忽然就放声大哭。她一边哭,一边喃喃地诉说着:

"阿大的爷呀,你丢下我去了,你知道我是多么苦啊!强盗兵打杀了你,前天是三周年……绝子绝孙的林老板又倒了铺子——我十个指头做出来的百几十块钱,丢在水里了,也没响一声!啊哟!穷人命苦,有钱人心狠——"

看见妈哭,孩子也哭了;张寡妇搂住了孩子,哭的更伤心。

朱三阿太却不哭,努起了一对发红的已经凹陷的眼睛,发疯似的反复说着一句话:

"穷人是一条命,有钱人也是一条命;少了我的钱,我拼老命!"

此时有一个人从铺子里挤出来,正是桥头陈老七。他满脸紫青，一边挤，一边回过头去嚷骂道：

"你们这伙强盗！看你们有好报！天火烧，地火爆，总有一天现在我陈老七眼睛里呀！要吃倒账，就大家吃，分摊到一个边皮儿，也是公平——"

陈老七正骂得起劲，一眼看见了朱三阿太和张寡妇，就叫着她们的名字说：

"三阿太，张家嫂，你们怎么坐在这里哭！货色，他们分完了！我一张嘴吵不过他们十几张嘴，这班狗强盗不讲理，硬说我们的钱不算账——"

张寡妇听说，哭得更加苦了。先前那个警察忽然又踅过来，用木棍子拨着张寡妇的肩膀说：

"喂，哭什么？你的养家人早就死了，现在还哭哪一个！"

"狗屁！人家抢了我们的，你这东西也要来调戏女人家么？"

陈老七怒冲冲地叫起来，用力将那警察推了一把。那警察睁圆了怪眼睛，扬起棍子就想要打。闲人们都大喊，骂那警察。另一个警察赶快跑来，拉开了陈老七说：

"你在这里吵，也是白吵。我们和你无怨无仇，商会里叫来守门，吃这碗饭，没办法。"

"陈老七，你到党部里去告状罢！"

人堆里有一个声音这么喊。听声音就知道是本街有名的闲汉陆和尚。

"去,去!看他们怎样说。"

许多声音乱叫了。但是那位作调人的警察却冷笑,扳着陈老七的肩膀道:

"我劝你少找点麻烦罢。到那边,中什么用!你还是等候林老板回来和他算账,他倒不好白赖。"

陈老七虎起了脸孔,弄得没有主意了。经不住那些闲人们都撺怂着"去",他就看着朱三阿太和张寡妇说道:

"去去怎样?那边是天天大叫保护穷人的呀!"

"不错。昨天他们扣住了林老板,也是说防他逃走,穷人的钱没有着落!"

又一个主张去的拉长了声音叫。于是不由自主似的,陈老七他们三个和一群闲人都向党部所在那条路去了。张寡妇一路上还是啼哭,咒骂打杀了她丈夫的强盗兵,咒骂绝子绝孙的林老板,又咒骂那个恶狗似的警察。

快到了目的地时,望见那门前排立着四个警察,都拿着棍子,远远地就吆喝道:

"滚开!不准过来!"

"我们是来告状的,林家铺子倒了,我们存在那里的钱都拿不到——"

陈老七走在最前排,也高声的说。可是从警察背后突然跳出一个黑麻子来,怒声喝打。警察们却还站着,只用嘴威

吓。陈老七背后的闲人们大噪起来。黑麻子怒叫道:

"不识好歹的贱狗!我们这里管你们那些事么?再不走,就开枪了!"

他跺着脚喝那四个警察动手打。陈老七是站在最前,已经挨了几棍子。闲人们大乱。朱三阿太老迈,跌倒了。张寡妇慌忙中落掉了鞋子,给人们一冲,也跌在地下,她连滚带爬躲过了许多跳过的和踏上来的脚,站起来跑了一段路,方才觉到她的孩子没有了。看衣襟上时,有几滴血。

"啊哟!我的宝贝!我的心肝!强盗杀人了,玉皇大帝救命呀!"

她带哭带嚷的快跑,头发纷散;待到她跑过那倒闭了的林家铺面时,她已经完全疯了!

1932年6月18日作完

(原载1932年7月15日《申报月刊》第1卷第2号)

春　蚕

一

老通宝坐在"塘路"边的一块石头上,长旱烟管斜摆在他身边。清明节后的太阳已经很有力量,老通宝背脊上热烘烘地,像背着一盆火。"塘路"上拉纤的快班船上的绍兴人只穿了一件蓝布单衫,敞开了大襟,弯着身子拉,额角上黄豆大的汗粒落到地下。

看着人家那样辛苦的劳动,老通宝觉得身上更加热了;热的有点儿发痒。他还穿着那件过冬的破棉袄,他的夹袄还在当铺里,却不防才得清明边,天就那么热。

"真是天也变了!"

老通宝心里说,就吐一口浓厚的唾沫。在他面前那条

"官河"内，水是绿油油的，来往的船也不多，镜子一样的水面这里那里起了几道皱纹或是小小的涡旋，那时候，倒影在水里的泥岸和岸边成排的桑树，都晃乱成灰暗的一片。可是不会很长久的。渐渐儿那些树影又在水面上显现，一弯一曲地蠕动，像是醉汉，再过一会儿，终于站定了，依然是很清晰的倒影。那拳头模样的桠枝顶都已经簇生着小手指儿那么大的嫩绿叶。这密密层层的桑树，沿着那"官河"一直望去，好像没有尽头。田里现在还只有干裂的泥块，这一带，现在是桑树的势力！在老通宝背后，也是大片的桑林，矮矮的，静穆的，在热烘烘的太阳光下，似乎那"桑拳"上的嫩绿叶过一秒钟就会大一些。

离老通宝坐处不远，一所灰白色的楼房蹲在"塘路"边，那是茧厂。十多天前驻扎过军队，现在那边田里留着几条短短的战壕。那时都说东洋兵要打进来，镇上有钱人都逃光了；现在兵队又开走了，那座茧厂依旧空关在那里，等候春茧上市的时候再热闹一番。老通宝也听得镇上小陈老爷的儿子——陈大少爷说过，今年上海不太平，丝厂都关门，恐怕这里的茧厂也不能开；但老通宝是不肯相信的。他活了六十岁，反乱年头也经过好几个，却从没见过绿油油的桑叶白养在树上等到成了"枯叶"去喂羊吃；除非是"蚕花"不熟，但那是老天爷的"权柄"，谁又能够未卜先知？

"才得清明边，天就那么热！"

老通宝看着那些桑拳上怒茁的小绿叶儿，心里又这么想，同时有几分惊异，有几分快活。他记得自己还是二十多岁少壮的时候，有一年也是清明边就得穿夹，后来就是"蚕花二十四分"，自己也就在这一年成了家。那时，他家正在"发"；他的父亲像一头老牛似的，什么都懂得，什么都做得；便是他那创家立业的祖父，虽说在长毛窝里吃过苦头，却也愈老愈硬朗。那时候，老陈老爷去世不久，小陈老爷还没抽上鸦片烟，"陈老爷家"也不是现在那么不像样的。老通宝相信自己一家和"陈老爷家"虽则一边是高门大户，而一边不过是种田人，然而两家的运命好像是一条线儿牵着。不但"长毛"造反那时候，老通宝的祖父和老陈老爷同被长毛掳去，同在长毛窝里混上了六七年，不但他们俩同时从长毛营盘里逃了出来，而且偷得了长毛的许多金元宝——人家到现在还是这么说；并且老陈老爷做丝生意"发"起来的时候，老通宝家养蚕也是年年都好，十年中间挣得了二十亩的稻田和十多亩的桑地，还有三开间两进的一座平屋。这时候，老通宝家在东村庄上被人人所妒羡，也正像"陈老爷家"在镇上是数一数二的大户人家。可是以后，两家都不行了：老通宝现在已经没有自己的田地，反欠出三百多块钱的债；"陈老爷家"也早已完结。人家都说"长毛鬼"在阴间告了一状，阎罗王追还"陈老爷家"的金元宝横财，所以败的这么快。这个，老通宝也有几分相信：不是鬼使神差，好端端的小陈老爷怎么会抽上了鸦片烟?

可是老通宝死也想不明白为什么"陈老爷家"的"败"会牵动到他家。他确实知道自己家并没得过长毛的横财。虽则听死了的老头子说，好像那老祖父逃出长毛营盘的时候，不巧撞着了一个巡路的小长毛，当时没法，只好杀了他——这是一个"结"！然而从老通宝懂事以来，他们家替这小长毛鬼拜忏念佛烧纸锭，记不清有多少次了。这个小冤魂，理应早投凡胎。老通宝虽然不很记得祖父是怎样"做人"，但父亲的勤俭忠厚，他是亲眼看见的；他自己也是规矩人，他的儿子阿四，儿媳四大娘，都是勤俭的。就是小儿子阿多年纪青，有几分"不知苦辣"，可是毛头小伙子，大都这么着，算不得"败家相"！

老通宝抬起他那焦黄的皱脸，苦恼地望着他面前的那条河，河里的船，以及两岸的桑地。一切都和他二十多岁时差不了多少，然而"世界"到底变了。他自己家也要常常把杂粮当饭吃一天，而且又欠出了三百多块钱的债。

呜！呜，呜，呜——

汽笛叫声突然从那边远远的河身的弯曲地方传了来。就在那边，蹲着又一个茧厂，远望去隐约可见那整齐的石"帮岸"。一条柴油引擎的小轮船很威严地从那茧厂后驶出来，拖着三条大船，迎面向老通宝来了。满河平静的水立刻激起泼剌剌的波浪，一齐向两旁的泥岸卷过来。一条乡下"赤膊船"赶快拢岸,船上人揪住了泥岸上的树根,船和人都好像在那里打秋千。轧轧轧的轮机声和洋油臭,飞散在这和平的绿的田野。老通宝满脸恨意,看着这小轮船来,看着它过去,直到又转一个弯,呜呜呜地又叫了几声,就看不见。老通宝向来仇恨小轮船这一类洋鬼子的东西!他从没见过洋鬼子,可是他从他的父亲嘴里知道老陈老爷见过洋鬼子:红眉毛,绿眼睛,走路时两条腿是直的。并且老陈老爷也是很恨洋鬼子,常常说"铜钿都被洋鬼子骗去了"。老通宝看见老陈老爷的时候,不过八九岁——现在他所记得的关于老陈老爷的一切都是听来的,可是他想起了"铜钿都被洋鬼子骗去了"这句话,就仿佛看见了老陈老爷捋着胡子摇头的神气。

　　洋鬼子怎样就骗了钱去,老通宝不很明白。但他很相信老陈老爷的话一定不错。并且他自己也明明看到自从镇上有了洋纱,洋布,洋油——这一类洋货,而且河里更有了小火轮船以后,他自己田里生出来的东西就一天一天不值钱,而镇上的东西却一天一天贵起来。他父亲留下来的一份家产就这么变小,变做没有,而且现在负了债。老通宝恨洋鬼子不是没有理由的!他这坚定的主张,在村坊上很有名。五年前,有人告诉他:朝代又改了,新朝代是要"打倒"洋鬼子的。老通宝不相信。为的他上镇去看见那新到的喊着"打倒洋鬼子"的年青人们都穿了洋鬼子衣服。他想来这伙年青人一定私通洋鬼子,却故意来骗乡下人。后来果然就不喊"打倒洋鬼子"了,而且镇上的东西更加一天一天贵起来,派到乡下人身上的捐税也更加多起来。老通宝深信这都是串通了洋鬼子干的。

然而更使老通宝去年几乎气成病的,是茧子也是洋种的卖得好价钱;洋种的茧子,一担要贵上十多块钱。素来和儿媳总还和睦的老通宝,在这件事上可就吵了架。儿媳四大娘去年就要养洋种的蚕。小儿子跟他嫂嫂是一路,那阿四虽然嘴里不多说,心里也是要洋种的。老通宝拗不过他们,末了只好让步。现在他家里有的三张蚕种,就是土种两张,洋种一张。

"世界真是越变越坏!过几年他们连桑叶都要洋种了!我活得厌了!"

老通宝看着那些桑树,心里说,拿起身边的长旱烟管恨恨地敲着脚边的泥块。太阳现在正当他头顶,他的影子落在泥地上,短短地像一段乌焦木头,还穿着破棉袄的他,觉得浑身燥热起来了。他解开了大襟上的钮扣,又抓着衣角扇了几下,站起来回家去。

那一片桑树背后就是稻田。现在大部分是匀整的半翻着的燥裂的泥块。偶尔也有种了杂粮的,那黄金一般的菜花散出强烈的香味。那边远远地一簇房屋,就是老通宝他们住了三代的村坊,现在那些屋上都袅起了白的炊烟。

老通宝从桑林里走出来,到田塍上,转身又望那一片爆

着嫩绿的桑树。忽然那边田里跳跃着来了一个十来岁的男孩子,远远地就喊道:

"阿爹!妈等你吃中饭呢!"

"哦——"

老通宝知道是孙子小宝,随口应着,还是望着那一片桑林。才只得清明边,桑叶尖儿就抽得那么小指头儿似的,他一生就只见过两次。今年的蚕花,光景是好年成。三张蚕种,可以采多少茧子呢?只要不像去年,他家的债也许可以拔还一些。

小宝已经跑到他阿爹的身边了,也仰着脸看那绿绒似的桑拳头;忽然他跳起来拍着手唱道:

"清明削口,看蚕娘娘拍手!"①

老通宝的皱脸上露出笑容来了。他觉得这是一个好兆头。他把手放在小宝的"和尚头"上摩着,他的被穷苦弄麻木了的老心里勃然又生出新的希望来了。

---

① 这是老通宝所在那一带乡村里关于"蚕事"的一种歌谣式的成语。所谓"削口"是方言,指桑叶抽发如指;"清明削口"谓清明边桑叶已抽放如许大也。"看"亦是方言,意同"饲"或"育"。全句谓清明边桑叶开绽,则熟年可卜,故蚕妇拍手而喜。

二

  天气继续暖和,太阳光催开了那些桑拳头上的小手指儿模样的嫩叶,现在都有小小的手掌那么大了。老通宝他们那村庄四周围的桑林似乎发长得更好,远望去像一片绿锦平铺在密密层层灰白色矮矮的篱笆上。"希望"在老通宝和一般农民们的心里一点一点一天一天强大。蚕事的动员令也在各方面发动了。藏在柴房里一年之久的养蚕用具都拿出来洗刷修补。那条穿村而过的小溪旁边,蠕动着村里的女人和孩子,工作着,嚷着,笑着。

  这些女人和孩子们都不是十分健康的脸色——从今年开春起,他们都只吃个半饱;他们身上穿的,也只是些破旧的衣服。实在他们的情形比叫化子好不了多少。然而他们的精神都很不差。他们有很大的忍耐力,又有很大的幻想。虽然他们都负了天天在增大的债,可是他们那简单的头脑老是这么想:只要蚕花熟,就好了!他们想象到一个月以后那些绿油油的桑叶就会变成雪白的茧子,于是又变成丁丁当当响的洋钱,他们虽然肚子里饿得咕咕地叫,却也忍不住要笑。

  这些女人中间也就有老通宝的媳妇四大娘和那个十二岁的小宝。这娘儿两个已经洗好了那些"团扁"和"蚕箪"①，坐在小溪边的石头上撩起布衫角揩脸上的汗水。

"四阿嫂！你们今年也看（养）洋种么？"

小溪对岸的一群女人中间有一个二十岁左右的姑娘隔溪喊过来了。四大娘认得是隔溪的对门邻舍陆福庆的妹子六宝。四大娘立刻把她的浓眉毛一挺，好像正想找人吵架似的嚷了起来：

"不要来问我！阿爹做主呢！——小宝的阿爹死不肯，只看了一张洋种！老糊涂的听得带一个洋字就好像见了七世冤家！洋钱，也是洋，他倒又要了！"

小溪旁那些女人们听得笑起来了。这时候有一个壮健的小伙子正从对岸的陆家稻场上走过，跑到溪边，跨上了那横在溪面用四根木头并排做成的雏形的"桥"。四大娘一眼看见，就丢开了"洋种"问题，高声喊道：

"多多弟！来帮我搬东西罢！这些扁，浸湿了，就像死狗一样重！"

小伙子阿多也不开口，走过来拿起五六只"团扁"，湿漉漉地顶在头上，却空着一双手，划桨似的荡着，就走了。这个阿多高兴起来时，什么事都肯做，碰到同村的女人们叫他帮忙拿什么重家伙，或是下溪去捞什么，他都肯；可是今

---

① 老通宝乡里称那圆桌面那样大、极像一个盘的竹器为"团扁"。又一种略小而底部编成六角形网状的，称为"箪"，方言读如"踏"；蚕初收蚁时，在"箪"中养育，呼为"蚕箪"，那是糊了纸的，这种纸通称"糊箪纸"。

天他大概有点不高兴，所以只顶了五六只"团扁"去，却空着一双手。那些女人们看着他戴了那特别大箬帽似的一叠"扁"，袅着腰，学镇上女人的样子走着，又都笑起来了。老通宝家紧邻的李根生的老婆荷花一边笑，一边叫道：

"喂，多多头！回来！也替我带一点儿去！"

"叫我一声好听的，我就给你拿。"

阿多也笑着回答，仍然走。转眼间就到了他家的廊下，就把头上的"团扁"放在廊檐口。

"那么，叫你一声干儿子！"

荷花说着就大声的笑起来，她那出众地白净然而扁得作怪的脸上看去就好像只有一张大嘴和眯紧了好像两条线一般的细眼睛。她原是镇上人家的婢女，嫁给那不声不响整天苦着脸的半老头子李根生还不满半年，可是她的爱和男子们胡调已经在村中很有名。

"不要脸的！"

忽然对岸那群女人中间有人轻声骂了一句。荷花的那对细眼睛立刻睁大了，怒声嚷道：

"骂哪一个？有本事，当面骂，不要躲！"

"你管得我？棺材横头踢一脚，死人肚里自得知：我就骂那不要脸的骚货！"

隔溪立刻回骂过来了，这就是那六宝，又一位村里有名淘气的大姑娘。

于是对骂之下，两边又泼水。爱闹的女人也夹在中间帮这边帮那边。小孩子们笑着狂呼。四大娘是老成的，提起她的"蚕箪"，喊着小宝，自回家去。阿多站在廊下看着笑。他知道为什么六宝要跟荷花吵架；他看着那"辣货"六宝挨骂，倒觉得很高兴。

老通宝捐着一架"蚕台"①从屋子里出来。这三棱形家伙的木梗子有几条给白蚂蚁蛀过了，怕不牢，须得修补一下。看见阿多站在那里笑嘻嘻地望着外边的女人们吵架，老通宝的脸色就板起来了。他这"多多头"的小儿子不老成，他知道。尤其使他不高兴的，是多多也和紧邻的荷花说说笑笑。"那母狗是白虎星，惹上了她就得败家"——老通宝时常这样警戒他的小儿子。

"阿多！空手看野景么？阿四在后边扎'缀头'②，你去帮他！"

老通宝像一匹疯狗似的咆哮着，火红的眼睛一直盯住了阿多的身体，直到阿多走进屋里去，看不见了，老通宝方才提过那"蚕台"来反复审察，慢慢地动手修补。木匠生活，老通宝早年是会的；但近来他老了，手指头没有劲，他修了一会儿，抬起头来喘气，又望望屋里挂在竹竿上的三张

---

① "蚕台"是三棱式可以折起来的木架子，像三张梯连在一处的家伙，中分七八格，每格可放一团扁。

② "缀头"也是方言，是稻草扎的，蚕在上面做茧子。

蚕种。

四大娘就在廊檐口糊"蚕箪"。去年他们为的想省几十文钱，是买了旧报纸来糊的。老通宝直到现在还说是因为用了报纸——不惜字纸，所以去年他们的蚕花不好。今年是特地全家少吃一餐饭，省下钱来买了"糊箪纸"来了。四大娘把那鹅黄色坚韧的纸儿糊得很平贴，然后又照品字式糊上三张小小的花纸——那是跟"糊箪纸"一块儿买来的，一张印的花色是"聚宝盆"，另两张都是手执尖角旗的人儿骑在马上，据说是"蚕花太子"。

"四大娘！你爸爸做中人借来三十块钱，就只买了二十担叶。后天又吃完了，怎么办？"

老通宝气喘喘地从他的工作里抬起头来，望着四大娘。那三十块钱是二分半的月息。总算有四大娘的父亲张财发做中人，那债主也就是张财发的东家"做好事"，这才只要了二分半的月息。条件是蚕事完后本利归清。

四大娘把糊好了的"蚕箪"放在太阳底下晒，好像生气似的说：

"都买了叶？又像去年那样多下来——"

"什么话！你倒先来发利市了！年年像去年么？自家只有十来担叶；三张布子（蚕种），十来担叶够么？"

"噢，噢，你总是不错的！我只晓得有米烧饭，没米饿肚子！"

四大娘气哄哄地回答；为了那"洋种"问题，她到现在常要和老通宝抬杠。

老通宝气得脸都紫了。两个人就此再没有一句话。

但是"收蚕"的时期一天一天逼近了。这二三十人家的小村落突然呈现了一种大紧张，大决心，大奋斗，同时又是大希望。人们似乎连肚子饿都忘记了。老通宝他们家东借一点，西赊一点，南瓜芋艿之类也算一顿，居然也一天一天过着来。也不仅老通宝他们，村里哪一家有两三石米放在家里呀！去年秋收固然还好，可是地主，债主，正税，杂捐，一层一层地剥来，早就完了。现在他们唯一的指望就是春蚕，一切临时借贷都是指明在这"春蚕收成"中偿还。

他们都怀着十分希望又十分恐惧的心情来准备这春蚕的大搏战！

谷雨节一天近一天了。村里二三十人家的"布子"都隐隐现出绿色来。女人们在稻场上碰见时，都匆忙地带着焦灼而快乐的口气互相告诉道：

"六宝家快要'窝种'①了呀！"

"荷花说她家明天就要'窝'了。有这么快！"

"黄道士去测一字，今年的青叶要贵到四洋！"

---

① "窝种"也是老通宝乡里的习惯；蚕种转成绿色后就得把来贴肉揾着，三四天后，蚕蚁孵出，就可以"收蚕"。这工作是女人做的。"窝"是方言，意即"揾"也。

四大娘看自家的三张"布子"。不对!那黑芝麻似的一片细点子还是黑沉沉,不见绿影。她的丈夫阿四拿到亮处去细看,也找不出几点"绿"来。四大娘很着急。

"你就先'窝'起来罢!这余杭种,作兴是慢一点的。"

阿四看着他老婆,勉强自家宽慰。四大娘堵起了嘴巴不回答。

老通宝哭丧着干皱的老脸,没说什么,心里却觉得不妙。

幸而再过了一天,四大娘再细心看那"布子"时,哈!有几处转成绿色了!而且绿得很有光彩。四大娘立刻告诉了丈夫,告诉了老通宝,多多头,也告诉了她的儿子小宝。她就把那三张布子贴肉揾在胸前,抱着吃奶的婴孩似的静静儿坐着,动也不敢多动了。夜间,她抱着那三张布子到被窝里,把阿四赶去和多多头做一床。那布子上密密麻麻的蚕子儿贴着肉,怪痒痒的;四大娘很快活,又有点儿害怕,她第一次怀孕时胎儿在肚子里动,她也是那样半惊半喜的!

全家都是惴惴不安地又很兴奋地等候"收蚕"。只有多多头例外。他说:今年蚕花一定好,可是想发财却是命里不曾来。老通宝骂他多嘴,他还是要说。

蚕房是早已收拾好了。"窝种"的第二天,老通宝拿一个大蒜头涂上一些泥,放在蚕房的墙脚边;这也是年年的惯例，但今番老通宝更加虔诚，手也抖了。去年他们"卜"①的非常灵验。可是去年那"灵验"，现在老通宝想也不敢想。

现在这村里家家都在"窝种"了。稻场上和小溪边顿时少了那些女人们的踪迹。一个"戒严令"也在无形中颁布了；乡农们即使平日是最相好的，也不往来；人客来冲了蚕神不是玩的！他们至多在稻场上低声交谈一二句就走开。这是个"神圣"的季节。

老通宝家的三张布子上也有些"乌娘"②蠕蠕地动了。于是全家的空气，突然紧张。那正是谷雨前一日。四大娘料来可以挨过了谷雨节那一天③。布子不须再"窝"了，很小心地放在"蚕房"里。老通宝偷眼看一下那个躺在墙脚边的大蒜头，他心里就一跳。那大蒜头上还只有一两茎绿芽！老通宝不敢再看，心里祷祝后天正午会有更多更多的绿叶。

终于"收蚕"的日子到了。四大娘心神不定地淘米烧饭，时时看饭锅上的热气有没有直冲上来。老通宝拿出预先买了来的香烛点起来，恭恭敬敬放在灶君神位前。阿四和阿多去到田里采野花。小小宝帮着把灯芯草剪成细末子，又把

---

① 用大蒜头来"卜"蚕花好否，是老通宝乡里的迷信。收蚕前两三天，以大蒜涂泥置蚕房中，至收蚕那天拿来看，蒜叶多主蚕熟，少则不熟。

② 老通宝乡间称初生的蚕蚁为"乌娘"，这也是方言。

③ 老通宝乡里的习惯，"收蚕"即收蚁，须得避过谷雨那一天，或上或下都可以，但不能正在谷雨那一天。什么理由，可不知道。

采来的野花揉碎。一切都准备齐全了时,太阳也近午刻了,饭锅上水蒸气嘟嘟地直冲,四大娘立刻跳了起来,把"蚕花"①和一对鹅毛插在发髻上,就到"蚕房"里。老通宝拿着秤杆,阿四拿了那揉碎的野花片儿和灯芯草碎末。四大娘揭开"布子",就从阿四手里拿过那野花碎片和灯芯草末子撒在"布子"上,又接过老通宝手里的秤杆来,将"布子"挽在秤杆上,于是拔下发髻上的鹅毛在"布子"上轻轻儿拂;连野花片,灯芯草末子和"乌娘",都拂在那"蚕箪"里了。一张,两张……都拂过了;最后一张是洋种,那就收在另一个"蚕箪"里。末了,四大娘又拔下发髻上那朵"蚕花",跟鹅毛一块插在"蚕箪"的边儿上。

这是一个隆重的仪式!千百年相传的仪式!那好比是誓师典礼,以后就要开始了一个月光景和恶劣的天气和恶运以及和不知什么的连日连夜无休息的大决战!

"乌娘"在"蚕箪"里蠕动,样子非常强健;那黑色也是很正路的。四大娘和老通宝他们都放心地松一口气了。但当老通宝悄悄地把那个"命运"的大蒜头拿起来看时,他的脸色立刻变了!大蒜头上还只得三四茎嫩芽!天哪!难道又同去年一样?

---

① "蚕花"是一种纸花,预先买下来的。这些迷信的仪式,各处小有不同。

三

  然而那"命运"的大蒜头这次竟不灵验。老通宝家的蚕非常好!虽然头眠二眠的时候连天阴雨,气候是比清明边似乎还要冷一点,可是那些"宝宝"都很强健。

  村里别人家的"宝宝"也都不差。紧张的快乐弥漫了全村庄,似那小溪里淙淙的流水也像是朗朗的笑声了。只有荷花家是例外。她们家看了一张"布子",可是"出火"①只称得二十斤;"大眠"快边人们还看见那不声不响晦气色的丈夫根生倾弃了三"蚕箪"在那小溪里。

  这一件事,使得全村的妇人对于荷花家特别"戒严"。她们特地避路,不从荷花的门前走,远远的看见了荷花或是她那不声不响丈夫的影儿就赶快躲开;这些幸运的人儿唯恐看了荷花他们一眼或是交谈半句话就传染了晦气来!

  老通宝严禁他的小儿子多多头跟荷花说话。——"你再跟那东西多嘴,我就告你忤逆!"老通宝站在廊檐外高声大气喊,故意要叫荷花他们听得。

  小小宝也受到严厉的嘱咐,不许跑到荷花家的门前,不

---

  ① "出火"也是方言,是指"二眠"以后的"三眠";因为"眠"时特别短,所以叫"出火"。

许和他们说话……

阿多像一个聋子似的不理睬老头子那早早夜夜的唠叨，他心里却在暗笑。全家中只有他不大相信那些鬼禁忌。可是他也没有跟荷花说话，他忙都忙不过来。

"大眠"捉了毛三百斤，老通宝全家连十二岁的小宝也在内，都是两日两夜没有合眼。蚕是少见的好，活了六十岁的老通宝记得只有两次是同样的，一次就是他成家的那年，又一次是阿四出世那一年。"大眠"以后的"宝宝"第一天就吃了七担叶，个个是生青滚壮，然而老通宝全家都瘦了一圈，失眠的眼睛上布满了红丝。

谁也料得到这些"宝宝"上山前还得吃多少叶。老通宝和儿子阿四商量了：

"陈大少爷借不出，还是再求财发的东家罢？"

"地头上还有十担叶，够一天。"

阿四回答；他委实是支撑不住了，他的一双眼皮像有几百斤重，只想合下来。老通宝却不耐烦了，怒声喝道：

"说什么梦话！刚吃了两天老蚕呢。明天不算，还得吃三天，还要三十担叶，三十担！"

这时外边稻场上忽然人声喧闹，阿多押了新发来的五担叶来了。于是老通宝和阿四的谈话打断，都出去"捋叶"。四大娘也慌忙从蚕房里钻出来。隔溪陆家养的蚕不多，那大姑娘六宝抽得出工夫，也来帮忙了。那时星光满天，微微有

点风,村前村后都断断续续传来了吆喝和欢笑,中间有一个粗暴的声音嚷道:

"叶行情飞涨了!今天下午镇上开到四洋一担!"

老通宝偏偏听得了,心里急得什么似的。四块钱一担,三十担可要一百二十块呢,他哪来这许多钱!但是想到茧子总可以采五百多斤,就算五十块钱一百斤,也有这么二百五,他又心里一宽。那边"捋叶"的人堆里忽然又有一个小小的声音说:

"听说东路不大好,看来叶价钱涨不到多少的!"

老通宝认得这声音是陆家的六宝。这使他心里又一宽。

那六宝是和阿多同站在一个筐子边"捋叶"。在半明半暗的星光下,她和阿多靠得很近。忽然她觉得在那"杠条"①的隐蔽下,有一只手在她大腿上拧了一把。她好像知道是谁拧的。她忍住了不笑,也不声张。蓦地那手又在她胸前摸了一把,六宝直跳起来,出惊地喊了一声:

"嗳哟!"

"什么事?"

同在那筐子边捋叶的四大娘问了,抬起头来。六宝觉得自己脸上热烘烘了,她偷偷地瞪了阿多一眼,就赶快低下

---

① "杠条"也是方言,指那些带叶的桑树枝条。通常采叶是连枝条剪下来的。

头,很快地捋叶,一面回答:

"没有什么。我想来是毛毛虫刺了我一下。"

阿多咬住了嘴唇暗笑。他虽然在这半个月来也是半饱而且少睡,也瘦了许多了,他的精神可还是很饱满。老通宝那种忧愁,他是永远没有的。他永不相信靠一次蚕花好或是田里熟,他们就可以还清了债再有自己的田;他知道单靠勤俭工作,即使做到背脊骨折断也是不能"翻身"的。但是他仍旧很高兴地工作着,他觉得这也是一种快活,正像和六宝调情一样。

第二天早上,老通宝就到镇里去想法借钱来买叶。临走前,他和四大娘商量好,决定把他家那块出产十五担叶的桑地去抵押。这是他家最后的产业。

叶又买来了三十担。第一批的十担发来时,那些壮健的"宝宝"已经饿了半点钟了。"宝宝"们尖出了小嘴巴,向左向右乱晃,四大娘看得心酸。叶铺了上去,立刻蚕房里充满着萨萨的响声,人们说话也不大听得清。不多一会儿,那些"团扁"里立刻又全见白了,于是又铺上厚厚的一层叶。人们单是"上叶"也就忙得透不过气来。但这是最后五分钟了。再得两天,"宝宝"可以上山。人们把剩余的精力榨出来拼死命干。

阿多虽然接连五日五夜没有睡,却还不见怎样倦。那一夜,就由他一个人在"蚕房"里守那上半夜,好让老通宝以及阿四夫妇都去歇一歇。那是个好月夜，稍稍有点冷。蚕房里蒸了一个小小的火。阿多守到二更过，上了第二次的叶，就蹲在那个"火"旁边听那些"宝宝"萨萨萨地吃叶。渐渐儿他的眼皮合上了。恍惚听得有门响，阿多的眼皮一跳，睁开眼来看了看，就又合上了。他耳朵里还听得萨萨萨的声音和屑索屑索的怪声。猛然一个踉跄，他的头在自己膝头上磕了一下，他惊醒过来，恰就听得蚕房的芦帘拍叉一声响，似乎还看见有人影一闪。阿多立刻跳起来，到外面一看，门是开着，月光下稻场上有一个人正走向溪边去。阿多飞也似跳出去，还没看清那人是谁，已经把那人抓过来摔在地下。他断定了这是一个贼。

"多多头！打死我也不怨你，只求你不要说出来！"

是荷花的声音，阿多听真了时不禁浑身的汗毛都竖了起来。月光下他又看见那扁得作怪的白脸儿上一对细圆的眼睛定定地看住了他。可是恐怖的意思那眼睛里也没有。阿多哼了一声，就问道：

"你偷什么？"

"我偷你们的宝宝！"

"放到哪里去了？"

"我扔到溪里去了！"

阿多现在也变了脸色。他这才知道这女人的恶意是要冲克他家的"宝宝"。

"你真心毒呀!我们家和你们可没有冤仇!"

"没有么?有的,有的!我家自管蚕花不好,可并没害了谁,你们都是好的!你们怎样把我当作白老虎,远远地望见我就别转了脸?你们不把我当人看待!"

那妇人说着就爬了起来,脸上的神气比什么都可怕。阿多瞅着那妇人好半晌,这才说道:

"我不打你,走你的罢!"

阿多头也不回的跑回家去,仍在"蚕房"里守着。他完全没有睡意了。他看那些"宝宝",都是好好的。他并没想到荷花可恨或可怜,然而他不能忘记荷花那一番话;他觉到人和人中间有什么地方是永远弄不对的,可是他不能够明白想出来是什么地方,或是为什么。再过一会儿,他就什么都忘记了。"宝宝"是强健的,像有魔法似的吃了又吃,永远不会饱!

以后直到东方快打白了时,没有发生事故。老通宝和四大娘来替换阿多了,他们拿那些渐渐身体发白而变短了的"宝宝"在亮处照着,看是"有没有通"。他们的心被快活胀大了。但是太阳出山时四大娘到溪边汲水,却看见六宝满脸严重地跑过来悄悄地问道:

"昨夜二更过,三更不到,我远远地看见那骚货从你们家跑出来,阿多跟在后面,他们站在这里说了半天话呢!四阿嫂!你们怎么不管事呀?"

四大娘的脸色立刻变了,一句话也没说,提了水桶就回家去,先对丈夫说了,再对老通宝说。这东西竟偷进人家"蚕房"来了,那还了得!老通宝气得直跺脚,马上叫了阿多来查问。但是阿多不承认,说六宝是做梦见鬼。老通宝又去找六宝询问。六宝是一口咬定了看见的。老通宝没有主意,回家去看那"宝宝",仍然是很健康,瞧不出一些败相来。

但是老通宝他们满心的欢喜却被这件事打消了。他们相信六宝的话不会毫无根据。他们唯一的希望是那骚货或者只在廊檐口和阿多鬼混了一阵。

"可是那大蒜头上的苗却当真只有三四茎呀!"

老通宝自心里这么想,觉得前途只是阴暗。可不是,吃了许多叶去,一直落来都很好,然而上了山却干僵了的事,也是常有的。不过老通宝无论如何不敢想到这上头去;他以为即使是肚子里想,也是不吉利。

四

"宝宝"都"上山"了,老通宝他们还是捏着一把汗。他们钱都花光了,精力也绞尽了,可是有没有报酬呢,到此时还没有把握。虽则如此,他们还是硬着头皮去干。"山棚"下熰了火,老通宝和阿四他们伛着腰慢慢地从这边蹲到那边，又从那边蹲到这边。他们听得山棚上有些屑屑索索的细声音①，他们就忍不住想笑，过一会儿又不听得了，他们的心就重甸甸地往下沉了。这样地，心是焦灼着，却不敢向山棚上望。偶或他们仰着的脸上淋到了一滴蚕尿了②，虽然觉得有点难过，他们心里却快活；他们巴不得多淋一些。

阿多早已偷偷地挑开"山棚"外围着的芦帘望过几次了。小小宝看见，就扭住了阿多，问"宝宝"有没有做茧子。阿多伸出舌头做一个鬼脸，不回答。

"上山"后三天，熄火了。四大娘再也忍不住，也偷偷地挑开芦帘角看了一眼，她的心立刻卜卜地跳了。那是一片雪白，几乎连"缀头"都瞧不见；那是四大娘有生以来从没有见过的"好蚕花"呀！老通宝全家立刻充满了欢笑。现在他们一颗心定下来了！"宝宝"们有良心，四洋一担的叶不是白吃的；他们全家一个月的忍饿失眠总算不冤枉，天老爷有眼睛！

同样的欢笑声在村里到处都起来了。今年蚕花娘娘保佑这小小的村子。二三十人家都可以采到七八分，老通宝家更是比众不同，估量来总可以采一个十二三分。

小溪边和稻场上现在又充满了女人和孩子们。这些人都

---

① 蚕在山棚上受到热，就往"缀头"柴上爬，所以有屑索屑索的声音。这是蚕要做茧子时的第一步手续。爬不上去的，不是健康的蚕，多半不能作茧。

② 据说蚕在作茧以前必撒一泡尿，而这尿是黄色的。

比一个月前瘦了许多,眼眶陷进了,嗓子也发沙,然而都很快活兴奋。她们嘈嘈地谈论那一个月内的"奋斗"时,她们的眼前便时时现出一堆堆雪白的洋钱,她们那快乐的心里便时时闪过了这样的盘算:夹衣和夏衣都在当铺里,这可先得赎出来;过端阳节也许可以吃一条黄鱼。

那晚上荷花和阿多的把戏也是她们谈话的资料。六宝见了人就宣传荷花的"不要脸,送上门去"!男人们听了就粗暴地笑着,女人们念一声佛,骂一句,又说老通宝家总算幸气,没有犯克,那是菩萨保佑,祖宗有灵!

接着是家家都"浪山头"了,各家的至亲好友都来"望山头"。①老通宝的亲家张财发带了小儿子阿九特地从镇上来到村里。他们带来的礼物,是软糕、线粉、梅子、枇杷,也有咸鱼。小小宝快活得好像雪天的小狗。

"通宝,你是卖茧子呢,还是自家做丝?"

张老头子拉老通宝到小溪边一棵杨柳树下坐了,这么悄悄地问。这张老头子张财发是出名"会寻快活"的人,他从镇上城隍庙前露天的"说书场"听来了一肚子的疙瘩东西;尤其烂熟的,是《十八路反王,七十二处烟尘》,程咬金卖柴扒,贩私盐出身,瓦岗寨做反王的《隋唐演义》。他向来

---

① "浪山头"在熄火后一日举行,那时蚕已成茧,山棚四周的芦帘撤去。"浪"是"亮出来"的意思。"望山头"是来探望"山头",有慰问祝颂的意思。"望山头"的礼物也有定规。

说话"没正经",老通宝是知道的;所以现在听得问是卖茧子或者自家做丝,老通宝并没把这话看重,只随口回答道:

"自然卖茧子。"

张老头子却拍着大腿叹一口气。忽然他站了起来,用手指着村外那一片秃头桑林后面耸露出来的茧厂的风火墙说道:

"通宝!茧子是采了,那些茧厂的大门还关得紧洞洞呢!今年茧厂不开秤!——十八路反王早已下凡,李世民还没出世;世界不太平!今年茧厂关门,不做生意!"

老通宝忍不住笑了,他不肯相信。他怎么能够相信呢?难道那"五步一岗"似的比露天毛坑还要多的茧厂会一齐都关了门不做生意?况且听说和东洋人也已"讲拢",不打仗了,茧厂里驻的兵早已开走。

张老头子也换了话,东拉西扯讲镇里的"新闻",夹着许多"说书场"上听来的什么秦叔宝、程咬金。最后,他代他的东家催那三十块钱的债,为的他是"中人"。

然而老通宝到底有点不放心。他赶快跑出村去,看看"塘路"上最近的两个茧厂,果然大门紧闭,不见半个人;照往年说,此时应该早已摆开了柜台,挂起了一排乌亮亮的大秤。

老通宝心里也着慌了,但是回家去看见了那些雪白发光很厚实硬古古的茧子,他又忍不住嘻开了嘴。上好的茧子!

会没有人要,他不相信。并且他还要忙着采茧,还要谢"蚕花利市"①,他渐渐不把茧厂的事放在心上了。

可是村里的空气一天一天不同了。才得笑了几声的人们现在又都是满脸的愁云。各处茧厂都没开门的消息陆续从镇上传来,从"塘路"上传来。往年这时候,"收茧人"像走马灯似的在村里巡回,今年没见半个"收茧人",却换替着来了债主和催粮的差役。请债主们就收了茧子罢,债主们板起面孔不理。

全村子都是嚷骂,诅咒,和失望的叹息!人们做梦也不会想到今年"蚕花"好了,他们的日子却比往年更加困难。这在他们是一个青天的霹雳!并且愈是像老通宝他们家似的,蚕愈养得多,愈好,就愈加困难——"真正世界变了!"老通宝捶胸跺脚地没有办法。然而茧子是不能搁久了的,总得赶快想法:不是卖出去,就是自家做丝。村里有几家已经把多年不用的丝车拿出来修理,打算自家把茧做成了丝再说。六宝家也打算这么办。老通宝便也和儿子媳妇商量道:

"不卖茧子了,自家做丝!什么卖茧子,本来是洋鬼子行出来的!"

---

① 老通宝乡里的风俗,"大眠"以后得拜一次"利市",采茧以后,也是一次。经济窘的人家只举行了"谢蚕花利市","拜利市"也是方言,意即"谢神"。

"我们有四百多斤茧子呢,你打算摆几部丝车呀!"

四大娘首先反对了。她这话是不错的。五百斤的茧子可不算少,自家做丝万万干不了。请帮手么?那又得花钱。阿四是和他老婆一条心。阿多抱怨老头子打错了主意,他说:

"早依了我的话,扣住自己的十五担叶,只看一张洋种,多么好!"

老通宝气得说不出话来。

终于一线希望忽又来了。同村的黄道士不知从哪里得的消息,说是无锡脚下的茧厂还是照常收茧。黄道士也是一样的种田人,并非吃十方的"道士",向来和老通宝最说得来。于是老通宝去找那黄道士详细问过了以后,便又和儿子阿四商量把茧子弄到无锡脚下去卖。老通宝虎起了脸,像吵架似的嚷道:

"水路去有三十多九①呢!来回得六天!他妈的!简直是充军!可是你有别的办法么?茧子当不得饭吃,蚕前的债又逼紧来!"

阿四也同意了。他们去借了一条"赤膊船",买了几张芦席,赶那几天正是好晴,又带了阿多。他们这卖茧子的"远征军"就此出发。

---

① 老通宝乡间计算路程都以"九"计;"一九"就是九里,"十九"是九十里,"三十多九"就是三十多个九里。

五天以后,他们果然回来了;但不是空船,船里还有一筐茧子没有卖出。原来那三十多九水路远的茧厂挑剔得非常苛刻:洋种茧一担只值三十五元,土种茧一担二十元,薄茧不要。老通宝他们的茧子虽然是上好的货色,却也被茧厂里挑剩了那么一筐,不肯收买。老通宝他们实卖得一百十一块钱,除去路上盘川,就剩了整整的一百元,不够偿还买青叶所借的债!老通宝路上气得生病了,两个儿子扶他到家。

打回来的八九十斤茧子,四大娘只好自家做丝了。她到六宝家借了丝车,又忙了五六天。家里米又吃完了。叫阿四拿那丝上镇里去卖,没有人要;上当铺当铺也不收。说了多少好话,总算把清明前当在那里的一石米换了出来。

就是这么着,因为春蚕熟,老通宝一村的人都增加了债!老通宝家为的养了三张布子的蚕,又采了十多分的好茧子,就此白赔上十五担叶的桑地和三十块钱的债!一个月光景的忍饿熬夜还都不算!

1932年

(原载1932年11月1日《现代》第2卷第1期)

秋　收

一

　　直到旧历五月尽头，老通宝那场病方才渐渐好了起来。除了他的媳妇四大娘到祖师菩萨那里求过两次"丹方"而外，老通宝简直没有吃过什么药；他就仗着他那一身愈穷愈硬朗的筋骨和病魔挣扎。

　　可是第一次离床的第一步，他就觉得有点不对了；两条腿就同踏在棉花堆里似的，软软地不得劲，而且他无论如何也不能把腰板挺直。"躺了那么长久，连骨骱都生了锈了！"——老通宝不服气地想着，努力想装出还是少壮的气概来。然而当他在洗脸盆的水中照见了自己的面相时，却也忍不住叹一口气了。那脸盆里的面影难道就是他么？那是高撑着两根颧骨,一个瘦削的鼻头,两只大廓落落的眼睛,而又满头乱发,一部灰黄的络腮胡子,喉结就像小拳头似的突出来——这简直七分像鬼呢!老通宝仔细看着,看着,再也忍不住那眼眶里的泪水往脸盆里直滴。

这是倔强的他近年来第一次淌眼泪。四五十年辛苦挣成了一份家当的他,素来就只崇拜两件东西:一是菩萨,一是健康。他深切地相信:没有菩萨保佑,任凭你怎么刁钻古怪,弄来的钱财到底是不"作肉"的;而没有了健康,即使菩萨保佑,你也不能挣钱活命。在这上头,老通宝所信仰的菩萨就是"财神"。每逢旧历朔望,老通宝一定要到村外小桥头那座简陋不堪的"财神堂"跟前磕几个响头,四十余年如一日。然而现在一场大病把他弄得七分像鬼,这打击就比茧子卖不起价钱还要厉害些。他觉得他这一家从此完了,再没有翻身的日子。

"唉!总共不过困了个把月,怎么就变了样子!"

望着那蹲在泥灶前吹火的四大娘,老通宝轻轻说了这么一句。

没有回答。蓬松着头发的四大娘头脸几乎要钻进灶门去似的一股劲儿在那里胡胡地吹。白烟弥漫了一屋子,又从屋前屋后钻出去,可是那半青的茅草不肯旺燃。十二三岁的小宝从稻场上跑进来,呛着那烟气就咳起来了;一边咳,一边就嚷肚子饿。老通宝也咳了几声,抖颤着一对腿,走到那泥灶跟前，打算帮他的媳妇一手。但此时灶门前一亮，茅草燃旺了，接着就有小声儿的必剥必剥的爆响。四大娘加了几根桑梗在灶里，这才抬起头来，却已是满脸泪水；不知道是为了烟熏了眼睛呢，还是另有原因，总之，这位向来少说话多做事的女人现在也是淌眼泪。

公公和儿媳妇两个，泪眼对看着，都没有话。灶里现在燃旺了，火舌头舐到灶门外。那一片火光映得四大娘满脸通红。这火光，虽然掩过了四大娘脸上的菜色，可掩不过她那消瘦。而且那发育很慢的小宝这时倚在他母亲身边，也是只剩了皮包骨头，简直像一只猴子。这一切，老通宝现在是看得十分清楚——他躺在那昏暗的病床上也曾摸过小宝的手，也曾觉得这孩子瘦了许多，可总不及此时他看的真切——于是他突然一阵心酸，几乎哭出声来了。

"呀，呀，小宝！你怎么的？活像是童子痨呢！"

老通宝气喘喘地挣扎出话来，他那大廓落落的眼睛钉住了四大娘的面孔。

仍旧没有回答，四大娘撩起那破洋布衫的大襟来抹眼泪。

锅盖边嘟嘟地吹着白的蒸汽了。那汽里还有一股香味。小宝踅到锅子边凑着那热气嗅了一会儿，就回转头噘起嘴巴，问他的娘道：

"又是南瓜！娘呀！你怎么老是南瓜当饭吃！我要——

我想吃白米饭呢!"

四大娘猛的抽出一条桑梗来,似乎要打那多嘴的小宝了;但终于只在地上鞭了一下,随手把桑梗折断,别转脸去对了灶门,不说话。

"小宝,不要哭;等你爷回来,就有白米饭吃。爷到你外公家去——托你外公借钱去了;借钱来就买米,烧饭给你吃。"

老通宝的一只枯瘠的手抖簌簌地摸着小宝的光头,喃喃地说。他这话可不是撒谎。小宝的父亲,今天一早就上镇里找他岳父张财发,当真是为的借钱——好歹要揪住那张老头儿做个"中人"向镇上那专放"乡债"的吴老爷"借转"这么五块十块钱。但是小宝却觉得那仍旧是哄他的。足有一个半月了,他只听得爷和娘商量着"借钱来买米"。可是天天吃的还不是南瓜和芋头!讲到芋头,小宝也还有几分喜欢;加点儿盐烧熟了,上口也还香腻。然而那南瓜呀,松波波的,又没有糖,怎么能够天天当正经吃?不幸是近来半个月每天两顿总是老调的淡南瓜!小宝想起来就心里要作呕了。他含着两泡眼泪望着他的祖父,肚子里却又在咕咕地叫。他觉得他的祖父、他的爷、娘,都是硬心肠的坏人;他就盼望他的叔叔多多头回来,也许这位野马似的好汉叔叔又像上次那样带几个小烧饼来偷偷地给他香一香嘴巴。

然而叔父多多头已经有三天两夜不曾回家,小宝是记得很真的!

　　锅子里的南瓜也烧熟了,滋滋地叫响。老通宝揭开锅盖一看,那小半锅的南瓜干渣渣地没有汤,靠锅边并且已经结成"南瓜锅巴"了;老通宝眉头一皱,心里就抱怨他的儿媳妇太不知道俭省。蚕忙以前,他家也曾断过米,也曾烧南瓜当饭吃,但那时两个南瓜就得对上一锅子的水,全家连大带小五个人汤漉漉地多喝几碗也是一个饱;现在他才只病倒了个把月,他们年青人就专往"浪费"这条路上跑,这还了得么?他这一气之下,居然他那灰青的面皮有点红彩了。他抖抖簌簌地走到水缸边正待舀起水来,想往锅里加,猛不防四大娘劈头抢过去就把那干渣渣的南瓜糊一碗一碗盛了起来,又哑着嗓子叫道:

　　"不要加水!就只我们三个,一顿吃完,晚上小宝的爷总该带回几升米来了!——嗳,小宝,今回的南瓜干些,滋味好,你来多吃一碗罢!"

　　嚓!嚓!嚓!四大娘手快,已经在那里铲着南瓜锅巴了。老通宝气得说不出话来,捧了一碗南瓜就巍颤颤地踱到"廊檐口",坐在门槛上慢慢地啜着,满肚子是说不明白的不舒服。

　　面前稻场上一片太阳光,金黄黄地耀得人们眼花。横在稻场前的那条小河像一条银带;可是河水也浅了许多了,岸边的几枝水柳叶子有点发黄。河岸两旁静悄悄地没个人影,连黄狗和小鸡也不见一只。往常在这正午时分,河岸上总有些打水洗衣洗碗盏的女人和孩子,稻场上总有些刚吃过饭的男子衔着旱烟袋,蹲在树底下,再不然,各家的廊檐口总也有些人像老通宝似的坐在门槛上吃喝着谈着,但现在,太阳光暖和地照着,小河的水静悄悄地流着,这村庄却像座空山了!老通宝才只一个半月没到廊檐口来,可是这村庄已经变化,他几乎认不得了,正像他的小宝变瘦到几乎认不得一样!

碗里的南瓜糊早已啜完了,老通宝瞪着一对大廓落落的眼睛望着那小河,望着那些隔河的冷寂的茅屋,一边还在机械地啜着。他也不去推测村里的人为什么整伙儿不见面,他只觉得自己一病以后这世界就变了!第一是他自己,第二是他家里的人——四大娘和小宝,而最后,这是他所熟悉的这个生长之乡。有一种异样的悲酸冲上他鼻尖来了。他本能地放下那碗,双手捧着头,胡乱地想这想那。

他记得从"长毛窝"里逃出来的祖父和父亲常常说起"长毛""洗劫过"(那叫做"打先风"罢)的村庄,就是没半个人影子,也没鸡狗叫。今年新年里东洋小鬼打上海的时候,村里大家都嚷着"又是长毛来了"。但以后不是听说又讲和了么?他在病中,也没听说"长毛"来。可是眼前这村庄的荒凉景象多么像那"长毛打过先风"的村庄呀!他又记得他的祖父也常常说起,"长毛"到一个村庄,有时并不

"开刀",却叫村里人一块儿跟去做"长毛";那时,也留下一座空空的村庄。难道现在他这村里的人也跟了去做"长毛"?原也听说别处地方闹"长毛"闹了好几年了,可是他这村里都还是"好百姓"呀,难道就在他病中昏迷那几天里"长毛"已经来过了么?这,想来也不像。

突然一阵脚步声在老通宝跟前跑过。老通宝出惊地抬起头来,看见扁阔的面孔上一对猪眼睛正在对着他瞧。这是他家紧邻李根生的老婆,那出名的浪货荷花!也是瘦了一圈,但正因为这瘦,反使荷花显得俏些:那一对猪眼睛也像比往常讨人欢喜,那眼光中混乱着同情和惊讶。但是老通宝立刻想起了春蚕时候自己家和荷花的宿怨来,并且他又觉得病后第一次看见生人面却竟是这个"白虎星"那就太不吉利,他恨恨地吐了一口唾沫,赶快垂下头去把脸藏过了。

一会儿以后,老通宝再抬起头来看时,荷花已经不见了,太阳光晒到他脚边。于是他就想起这时候从镇上回到村里来的航船正该开船,而他的儿子阿四也许在那船上,也许已经借到了几块钱,已经买了米。他下意识地咂着舌头了。实在他亦厌恶那老调的南瓜糊,他也想到了米饭就忍不住咽口水。

"小宝!小宝!到阿爹这里来罢!"

想到米饭,便又想到那饿瘦得可怜的孙子,老通宝扬着声音叫了。这是他今天离了病床后第一次像个健康人似的高声叫着。没有回音。老通宝看看天空,第二次用尽力气提高了嗓子再叫。可是出他意外,小宝却从紧邻的荷花家里跳出来了,并且手里还拿一个扁圆东西,看去像是小烧饼。这猴子似的小孩子跳到老通宝跟前,将手里的东西冲着老通宝的脸一扬,很卖弄似的叫一声"阿爹,你看,烧饼!",就慌忙塞进嘴里去了。

老通宝忍不住也咽下一口唾沫,嘴角边也掠过一丝艳羡的微笑;但立刻他放沉了脸色,轻声问道:

"小宝!谁给你的?这——烧饼!"

"荷——荷——"

小宝嘴里塞满了烧饼,说不出来。老通宝却已经明白,他的脸色更加难看了。他这时的心理很复杂:小宝竟去吃"仇人"的东西,真是太丢脸了!而且荷花家里竟有烧饼,那又是什么"天理"呀!老通宝恨得咬牙跺脚,可又不舍得打这可怜的小宝。这时小宝已经吞下了那个饼,就很得意地说道:

"阿爹!荷花给我的。荷花是好人,她有饼!"

"放屁!"

老通宝气得脸都红了,举起手来作势要打。可是小宝不怕,又接着说:

"她还有呢!她是镇上拿来的。她说明天还要去拿米,白米!"

老通宝霍地站了起来,浑身发抖。一个半月没有米饭下肚的他,本来听得别人家有米饭就会眼红,何况又是他素来看不起的荷花家!他铁青了脸,粗暴地叫骂道:

"什么稀罕!光景是做强盗抢来的罢!有朝一日捉去杀了头,这才是现世报!"

骂是骂了,却是低声的。老通宝转眼睃着他的孙子,心里便筹算着如果荷花出来"斗口",怎样应付。平白地诬人"强盗",可不是玩的。然而荷花家意外地毫无声响。倒是不识趣的小宝又做着鬼脸说道:

"阿爹!不是的!荷花是好人,她有烧饼,肯给我吃!"

老通宝的脸色立刻又灰白了。他不做声,转脸看见廊檐口那破旧的水车旁边有一根竹竿,随手就扯了过来。小宝一瞧神气不对,撒腿就跑,偏偏又向荷花家钻进去了。老通宝正待追赶,蓦地一阵头晕眼花,两腿发软,就坐在泥地上,竹竿撇在一边。这时候,隔河稻场上闪出一个人来,踱过那四根木头并排做成的"桥",向着老通宝叫道:

"恭喜,恭喜!今天出来走动走动了!老通宝!"

虽则眼前还有几颗黑星在那里飞舞,可是一听那声音,老通宝就知道那人是村里的黄道士,他心里就高兴起来。他俩在村里是一对好朋友,老通宝病时,这黄道士就是常来探问的一个。村里人也把他俩看成一双"怪物":因为老通宝是有名的顽固,凡是带着一个"洋"字的东西他就恨如"七世冤家",而黄道士呢,随时随地卖弄他在镇上学来的几句"斯文话",例如叫铜钱为"孔方兄",对人谈话的时候总是"宝眷""尊驾"那一套,村里人听去就仿佛是道士念咒——因此就给他取了这绰号:道士。可是老通宝却就懂得这黄道士的"斯文话"。并且他常常对儿子阿四说,黄道士做种田人,真是"埋没"!

当下老通宝就把一肚子牢骚对黄道士诉说道:

"道士!说来活活气死人呢!我病了个把月,这世界就变到不像样了!你看,村坊里就像'长毛'刚来'打过先风'!那母狗白虎星,不知道到哪里去偷摸了几个烧饼来,不争气的小宝见着嘴馋!道士,你说该打不该打?"

老通宝说着又抓起身边那竹竿,扑扑地打着稻场上的泥地。黄道士一边听,一边就学着镇上城隍庙里那"三世家传"的测字先生的神气,肩膀一摇一摆地点头叹气。末后,他悄悄地说:

"世界要反乱呢!通宝兄你知道村坊里人都干什么去了?——咳,吃大户,抢米囤!是前天白淇浜的乡下人做开头,今天我们村坊学样去了!令郎阿多也在内——可是,通宝兄,尊驾贵恙刚好,令郎的事,你只当不晓得罢了。哈哈,是我多嘴!"

老通宝听得明白,眼睛一瞪,忽地跳了起来,但立刻像头顶上碰到了什么似的又软瘫在地下,嘴唇簌簌地抖了。吃大户,抢米囤么?他心里乱札札地又惊又喜:喜的是荷花那烧饼果然来路"不正",他刚才一口喝个正着,惊的是自己的小儿子多多头也干那样的事,"现世报"莫不要落在他自己身上。黄道士眯着一双细眼睛,很害怕似的瞧着老通宝,又连声说道:

"抱歉,抱歉!贵体保重要紧,要紧!是我嘴快闯祸了!目下听说'上头'还不想严办,不碍事。回头你警戒警戒令郎就行了!"

"咳,道士,不瞒你说,我一向看得那小畜生做人之道不对,老早就疑心是那'小长毛'冤鬼投胎,要害我一家!现在果然做出来了!——他不回来便罢,回来时我活埋这小畜生!道士,谢谢你,给我透个信;我真是瞒在鼓心里呀!"

老通宝抖着嘴唇恨恨地说,闭了眼睛,仿佛他就看见那冤鬼"小长毛"。黄道士料不到老通宝会"古板"到这地步,当真在心里自悔"嘴快"了,况又听得老通宝谢他,就慌忙接口说:

"岂敢,岂敢!舍下还有点小事,再会,再会,保重,保重!"

像逃走似的,黄道士转身就跑,撇下老通宝一个人坐在那里痴想。太阳晒到他头面上了——很有些威力的太阳,他也不觉得热,他只把从祖父到父亲口传下来的"长毛"故事,颠倒地乱想。他又想到自身亲眼见过的光绪初年间全县乡下人大规模的"闹漕",立刻几颗血淋淋的人头挂在他眼前了。他的一贯的推论于是就得到了:"造反有好处,'长毛'应该老早就得了天下,可不是么?"

现在他觉得自己一病以后,世界当真变了!而这一"变",在刚从小康的自耕农破产,并且幻想还是极强的他,想起来总是害怕!

二

到太阳落山的时候,老通宝的儿子阿四回家了。他并没借到钱,但居然带来了三斗米。

"吴老爷说没有钱,面孔很难看。可是他后来发了善心,赊给我三斗米。他那米店里囤着百几十担呢!怪不得乡下人没饭吃!今天我们赊了三斗,等到下半年田里收起来,我们就要还他五斗糙米!这还是天大的情面!有钱人总是越拌越多!"

阿四阴沉地说着,把那三斗米分装在两个甏里,就跑到屋子后边那半旧的猪棚跟前和老婆叽叽咕咕讲"私房话"。老通宝闷闷地望着猪棚边的儿子和儿媳,又望望那两口米甏,觉得今天阿四的神气也不对,那三斗米的来路也就有点不明不白。可是他不敢开口追问。刚才为了小儿子多多头的"不学好",老通宝和四大娘已经吵过架了。四大娘骂他"老糊涂"，并且取笑他："好，好！你去告多多头忤逆，你把他活埋了，人家老爷们就会赏赐你一只金元宝罢！"老通宝虽然拿出"祖传"的圣贤人的大道理——"人穷了也要有志气"这句话来，却是毫无用处。"志气"不能当饭吃，比南瓜还不如！但老通宝因这一番吵闹就更加心事重了。他知道儿子阿四尽管"忠厚正派"，却是耳根太软，经不起老婆的怂恿。而现在，他们躲到猪棚边密谈了！老通宝恨得牙痒痒地，没有办法。他远远地望着阿四和四大娘，他的思想忽又落到那半旧的猪棚上。这是五六年前他亲手建造的一个很像样的猪棚，单买木料，也花了十来块钱呢；可是去年这猪棚就不曾用，今年大概又没有钱去买小猪；当初造这棚也曾请教过风水先生，真料不到如今这么"背时"！

老通宝的一肚子怨气就都呵在那猪棚上了。他抖簌簌地向阿四他们走去，一面走，一边叫道：

"阿四！前回听说小陈老爷要些旧木料。明天我们拆这猪棚卖给他罢！倒霉的东西，养不起猪，摆在这里干么！"

喳喳地密谈着的两个人都转过脸儿来了。薄暗中看见四大娘的脸异常兴奋，颧骨上一片红。她把嘴唇一披，就回答道：

"值得几个钱呢！这些脏木头，小陈老爷也不见得要！"

"他要的！我的老面子，我们和陈府上三代的来往，他怎么好说不要！"

老通宝吵架似的说，整个的"光荣的过去"忽又回到他眼前来了。和小陈老爷的祖父有过共患难的关系（"长毛"窝里一同逃出来），老通宝的祖父在陈府上是很有面子的；就是老通宝自己也还受到过分的优待，小陈老爷有时还叫他"通宝哥"呢！而这些特殊的遭遇，也就是老通宝的"驯良思想"的根基。

四大娘不再说什么，噘着嘴就走开了。

"阿四！到底多多头干些什么，你说！——打量我不知道么？等我断了气，这才不来管你们！"

老通宝看着四大娘走远了些，就突然转换话头，气吼吼地看着他的大儿子。

一只乌鸦停在屋脊上对老通宝父子俩哑哑地叫了几声。阿四随手拾起一块碎瓦片来赶走那乌鸦，又吐了口唾沫，摇着头，却不作声。他怎么说，而且说什么好呢？老子的话是这样的，老婆的话却又是一个样子，兄弟的话又是第三个样子。他这老实人，听听全有道理，却打不起主意。

"要杀头的呢！满门抄斩！我见过得多！"

"那——杀得完这许多么？"

阿四到底开口了，懦弱地反对着老子的意见。但当他看见老通宝两眼一瞪，额上青筋直爆，他就转口接着说道：

"不要紧！阿多去赶热闹罢哩！今天他们也没到镇上去——"

"热你的昏！黄道士亲口告诉我，难道会误？"

老通宝咬着牙齿骂，心里断定了儿子媳妇跟多多头全是一伙了。

"当真没有。黄道士，丝瓜缠到豆蔓里！他们今天是到东路的杨家桥去。老太婆女人打头，男人就不过帮着摇船。多多头也是帮她们摇船！不瞒你！"

阿四被他老子追急了，也就顾不得老婆的叮嘱，说出了真情实事。然而他还藏着两句要紧话，不肯泄漏，一是帮着摇船的多多头在本村里实在是领袖，二是阿四他本人也和老婆商量过，要是今天借不到钱，量不到米，明天阿四也帮她们"摇船"去。

老通宝似信非信地钉住了阿四看，暂时没有话。

现在天色渐渐黑下来了，老通宝家的烟囱里开始冒白烟，小宝在前面屋子里唱山歌。四大娘的声音唤着："小宝的爷！"阿四赶快应了一声，便离开他老子和那猪棚；却又站住了，松一口气似的说道：

"眼前有这三斗米，十天八天总是够吃的了；晚上等多多头回来，就叫他不要再去帮她们摇船罢！"

"这猪棚也要拆的。摆在这里，风吹雨打，白糟塌坏了！拆下来到底也变得几个钱。"

老通宝又提到那猪棚，言外之意仿佛就是：还没到山穷水尽，何必干那些犯"王法"的事呢！接着他又用手指敲着那猪棚的木头,像一个老练的木匠考查那些木头的价值。然后,他也踱进屋子去了。

这时候,前面稻场上也响动了人声。村里"出去"的人们都回来了。小宝像一只小老鼠蹿了出去找他的叔叔多多头。四大娘慌慌忙忙的塞了一大把桑梗到灶里,也就赶到稻场上,打听"新闻"。灶上的锅盖此时也开始吹热气,啵啵地。现在这热气里是带着真实的米香了,老通宝嗅到了只是咽口水。他的肚子里也咕咕地叫了起来。但是他的脑子里却忙着想一点别的事情。他在计算怎样"教训"那野马似的多多头,并且怎样去准备那快就来到的"田里生活"。在这时候,在这村里,想到一个多月后的"田里生活"的,恐怕就只有老通宝他一个!

然而多多头并没回来。还有隔河对邻的陆福庆也没有回来。据说都留在杨家桥的农民家里过夜,打算明天再帮着"摇船"到鸭嘴滩,然后联合那三个村坊的农民一同到"镇上"去。这个消息,是陆福庆的妹子六宝告诉了四大娘的。全村坊的人也都兴奋地议论这件事。却没有人去告诉老通宝。大家都知道老通宝的脾气古怪。

"不回来倒干净!地痞胚子!我不认账这个儿子!"

吃晚饭的时候,老通宝似乎料到了几分似的,看着大儿子阿四的脸,这样骂起来了。阿四哑着嘴巴不开腔。四大娘朝老头子横了一眼,鼻子里似乎哼了一声。

这一晚上,老通宝睡不安稳。他一合上眼,就是梦,而且每一个梦又是很短,而且每一个梦完的时候,他总像被人家打了一棍似的在床上跳醒。他不敢再睡,可是他又倦得很,他的眼皮就像有千斤重。蒙眬中他又听得阿四他们床上叽叽咕咕有些声音,他以为是阿四夫妇俩枕头边说体己话,但突然他浑身一跳,他听得阿四大声嚷道:

"阿多头,爹要活埋你呢!——咳,你这话怕不对么!老头子不懂时势!可是会不会弥天大罪都叫你一个人去顶,人家到头来一个一个都溜走?……"

这是梦话呀!老通宝听得清楚时,浑身汗毛直竖,眼睛也睁得大大的。他撑起上半身,叫了一声:

"阿四!"

没有回音。孙子小宝从梦中笑了起来。四大娘唇舌不清地骂了一句。接着是床板响,接着又是鼾声大震。

现在老通宝睡意全无,睁眼看着黑暗的虚空,满肚子的胡思乱想。他想到三十年前的"黄金时代",家运日日兴隆的时候;但现在除了一叠旧账簿而外,他是什么也没剩。他又想起本年"蚕花"那样熟,却反而赔了一块桑地。他又想起自己家从祖父下来代代"正派",老陈老爷在世的时候是很称赞他们的,他自己也是从二十多岁起就死心塌地学着镇上老爷们的"好样子"——虽然捏锄头柄,他"志气"是有的,然而现在他落得个什么呢?天老爷没有眼睛!并且他最想不通的,是天老爷还给他阿多头这业种。难道隔开了五六十年,"小长毛"的冤魂还没转世投胎么?——于是突然间老通宝冷汗直淋,全身发抖。天哪!多多头的行径活像个"长毛"呢!而且,而且老通宝猛又记起四五年前闹着什么"打倒土豪劣绅"的时候,那多多头不是常把家里藏着的那把"长毛刀"拿出来玩么?"长毛刀"!这是老通宝的祖父从"长毛营盘"逃走的时候带出来的;而且也就是用这把刀杀了那巡路的"小长毛"!可是现在,那阿多头和这刀就像夙世有缘似的!

老通宝什么都想到了,而且愈想愈怕。只有一点,他没有想到,而且万万料不到;这就是正当他在这里咬牙切齿恨着阿多头的时候,那边杨家桥的二三十户农民正在阿多头和陆福庆的领导下,在黎明的浓雾中,向这里老通宝的村坊进发!而且这里全村坊的农民也在兴奋的期待中做了一夜热闹的梦,而此时梦回神清,正也打算起身来迎接杨家桥来的一伙人了!

鱼肚白从土壁的破洞里钻进来了。稻场上的麻雀噪也听得了。喔,喔,喔!全村坊里仅存的一只雄鸡——黄道士的心肝宝贝,也在那里啼了。喔喔——喔!这远远地传来的声音有点像是女人哭。

老通宝这时忽然又蒙眬睡去;似梦非梦的,他看见那把"长毛刀"亮晶晶地在他面前晃。俄而那刀柄上多出一只手来了！顺着那手，又见了栗子肌肉的臂膊，又见了浓眉毛圆眼睛的一张脸了！正是那多多头！"呔！——"老通宝又怒又怕地喊了一声，从床上直跳起来，第一眼就看见屋子里全是亮光。四大娘已经在那里烧早粥，灶门前火焰活泼地跳跃。老通宝定一定神，爬下床来时，猛又听得外边稻场上人声像阵头风似的卷来了。接着，锽锽锽！是锣声。

"谁家火起么？"

老通宝一边问，一边就跑出去。可是到了稻场上，他就完全明白了。稻场上的情形正和他亲身经过的光绪初年间的"闹漕"一样。杨家桥的人，男男女女，老太婆小孩子全有，乌黑黑的一簇，在稻场上走过。"出来！一块儿去！"他们这样乱哄哄地喊着。而且多多头也在内！而且是他敲锣！而且他猛的抢前一步，跳到老通宝身前来了！老通宝脸全红了，眼里冒出火来，劈面就骂道：

"畜生！杀头胚！……"

"杀头是一个死，没有饭吃也是一个死！去罢！阿四呢？还有阿嫂？一伙儿全去！"

多多头笑嘻嘻地回答。老通宝也没听清，抡起拳头就打。阿四却从旁边钻出来，拦在老子和兄弟中间，慌慌忙忙叫道：

"阿多弟！你听我说。你也不要去了。昨天赊到三斗米。家里有饭吃了！"

多多头的浓眉毛一跳，脸色略变，还没出声，突然从他背后跳出一个人来，正是那陆福庆，一手推开了阿四，哈哈笑着大叫道：

"你家里有三斗米么？好呀！杨家桥的人都没吃早粥，大家来罢！"

什么？"吃"到他家来了么？阿四简直不能相信自己的耳朵。可是杨家桥的人发一声喊，已经拥上来，已经闯进阿四家里去了。老通宝就同心头割去了块肉似的，狂喊一声，忽然眼前乌黑，腿发软，就蹲在地下。阿四像疯狗似的扑到陆福庆身上，夹脖子乱咬，带哭的声音哼哼唧唧骂着。陆福庆一面招架，一面急口喝道：

"你发昏么？算什么！——阿四哥！听我讲明白！呔！阿多！你看！"

突然阿四放开陆福庆，转身揪住了多多头，一边打，一边哭，一边嚷：

"毒蛇也不吃窝边草！你引人来吃自家了！你引人来吃自家了！"

阿多被他哥哥抱住了头，只能荷荷地哼。陆福庆想扭开他们也不成功。老通宝坐在地上大骂。幸而来了陆福庆的妹子六宝，这才帮着拉开了阿四。

"你有门路，赊得到米，别人家没有门路，可怎么办呢？你有米吃，就不去，人少了，事情弄不起来，怎么办呢？——嘿嘿！不是白吃你的！你也到镇上去，也可以分到米呀！"

多多头喘着气，对他的哥哥说。阿四这时像一尊木偶似的蹲在地下出神。陆福庆一手捺着颈脖上的咬伤，一手拍着阿四的肩膀，也说道：

"大家讲定了的：东村坊上谁有米，就先吃谁，吃光了同到镇上去！阿四哥！怪不得我！大家讲定了的！"

"'长毛'也不是这样不讲理的，没有这样蛮！"

老通宝到底也弄明白那是怎么一回事，就轻声儿骂着，却不敢看着他们的脸骂，只把眼睛望住了地下。同时他心里想道：好哇！到镇上去！到镇上去吃点苦头，这才叫作现世报，老天爷有眼！那时候，你们才知道老头子的一把年纪不是活在狗身上罢！

这时候，杨家桥的人也从老通宝家里回出来了，嚷嚷闹闹的捧着那两个米甏。四大娘披散着头发，追在米甏后面，一边哭，一边叫：

"我们自家吃的！自家吃的！你们连自家吃的都要抢么？强盗！杀胚！"

谁也不去理她。杨家桥的人把两个米甏放在稻场中央，就又敲起锣来。六宝下死劲把四大娘拉开，吵架似的大声喊着，想叫四大娘明白过来：

"有饭大家吃！你懂么？有饭大家吃！谁叫你磕头叫饶

去赊米来呀？你有地方赊，别人家没有呀！别人都饿死，就让你一家活么？嘘，嘘！号天号地哭，像死了老公呀！大家吃了你的，回头大家还是帮你要回来！哭什么呀！"

蹲在那里像一尊木偶的阿四这时忽然叹一口气，跑到他老婆身边，好像劝慰又好像抱怨似的说道：

"都是你出的主意！现在落得一场空！有什么法子？跟他们一伙儿去罢！天坍压大家！"

不知道从哪里弄来的两口大锅子，已经摆在稻场上了。东村坊的人和杨家桥的人合在一伙，忙着淘米烧粥，清早的浓雾已散，金黄的太阳光斜射在稻场上，晒得那些菜色的人脸儿都有点红喷喷了。在那小河的东端，水深而且河面阔的地点，人家摆开五六条"赤膊船"，船上人兴高采烈地唱着山歌。就是这些船要载两个村庄的人向镇上去的！

老通宝蹲在地上不出声，用毒眼望住那伙人嚷嚷闹闹地吃了粥，又嚷嚷闹闹地上船开走。他像做梦似的望着望着，他望见使劲摇船的阿多头，也望见哭丧脸的阿四和四大娘——现在她和六宝谈得很投契似的；他又望见那小宝站在船艄上，站在阿多头旁边，学着摇船的姿势。

然后，像梦里醒过来似的，老通宝猛跳起身，沿着那小河滩，从东头跑到西头。为什么要这样跑，他自己也不大明白；他只觉得心口里有一团东西塞住，非要找一个人谈一下不可而已。但是全村坊静悄悄地没有人影，连小孩子也没有。

终于当他沿着河滩从西头又跑到东头的时候,他看见隔河也有一个人发疯似的迎面跑来。最初他看不清那人的面孔——那人头上包着一块白布。但在那四根木头的小桥边,他看明白那人正是黄道士的时候,他就觉得心口一松,猛喊道:

"'长毛'也不是那么不讲理!记住!老子一把年纪不是活在狗身上的!到镇上去吃苦头!他们这伙杀胚!"

黄道士也站住了。好像不认识老通宝似的,这黄道士端详了半晌,这才带着哭声说:

"岂有此理,岂有此理!我告诉你,我的老雄鸡也被他们吃了,岂有此理!"

"杀胚——你说一只老雄鸡么?算什么!人也要杀么!杀,杀,杀胚!"

老通宝一边嚷,一边就跑回家去。

当天晚上全村坊的人都安然回来,而且每人带了五升米。这使得老通宝十分惊奇。他觉得镇上的老爷们也不像"老爷"了;怎么看见三个村坊一百多乡下人闹到镇里来,就怕得什么似的赶快"讲好",派给每人半斗米?而且因为他们"老爷"太乏,竟连他老通宝的一把年纪也活到狗身上去!当真这世界变了,变到他想来想去想不通,而多多头他们耀武扬威!

三

现在"抢米囤"的风潮到处勃发了。周围二百里内的十多个小乡镇上，几乎天天有饥饿的农民"聚众滋扰"。那些乡镇上的绅士们觉得农民太不识趣，就把慈悲面孔撩开，打算"维持秩序"了。于是县公署，区公所，乃至镇商会，都发了堂皇的六言告示，晓谕四乡：不准抢米囤，吃大户，有话好好儿商量。同时地方上的"公正"绅士又出面请当商和米商顾念"农艰"，请他们亏些"血本"，开个方便之门，渡过眼前那恐慌。

可是绅士们和商人们还没议定那"方便之门"应该怎么一个开法，农民的肚子已经饿得不耐烦了。六言告示没有用，从图董变化来的村长的劝告也没有用，"抢米囤"的行动继续扩大，而且不复是百来人，而是五六百，上千了！而且不复限于就近的乡镇，却是用了"远征军"的形式，向城市里来了！

离开老通宝的村坊有六十多里远的一个繁盛的市镇上就发生了饥饿的农民和军警的冲突。军警开了"朝天枪"。农民被捕了几十。第二天，这市镇就在数千愤怒农民的包围中和邻近各镇失了联络。

这被围的市镇不得不首先开了那"方便之门"。这是简单的三条：农民可以向米店赊米，到秋收的时候，一石还一石；当铺里来一次免息放赎；镇上的商会筹措一百五十担米交给村长去分俵。绅商们很明白目前这时期只能坚守那"大事化为小事"的政策，而且一百五十担米的损失又可以分摊到全镇的居民身上。

同时，省政府的保安队也开到交通枢纽的乡镇上保护治安了。保安队与"方便之门"双管齐下，居然那"抢米囤"的风潮渐渐平下去；这时已经是阴历六月底，农事也迫近到眉毛梢了。

老通宝一家总算仰仗那风潮，这一晌来天天是一顿饭，两顿粥，而且除了风潮前阿四赊来的三斗米是冤枉债而外，竟也没有添上什么新债。但是现在又要种田了，阿四和四大娘觉得那就是强迫他们把债台再增高。

老通宝看见儿子媳妇那样懒懒地不起劲，就更加暴躁。虽则一个多月来他的"威望"很受损伤，但现在是又要"种田"而不是"抢米"，老通宝便像乱世后的前朝遗老似的，自命为重整残局的识途老马。他朝朝暮暮在阿四和四大娘跟前哓哓不休地讲着田里的事，讲他自己少壮的时候怎样勤奋，讲他自己的老子怎样永不灰心地做着，做着，终于创立了那份家当。每逢他到田里去了一趟回来，就大声喊道：

"明天，后天，一定要分秧了！阿四，你鬼迷了么？还不打算打算肥料？"

"上年还剩下一包肥田粉在这里呀！"

阿四有气无力地回答。突然老通宝跳了起来，恶狠狠地看定了他的儿子说：

"什么肥田粉！毒药！洋鬼子害人的毒药！我就知道祖宗传下来的豆饼好！豆饼力道长！肥田粉吊过了壮气，那田还能用么？今年一定要用豆饼了！"

"哪来的钱去买一张饼呢？就是剩下来那包粉，人家也说隔年货会走掉了力，总是搀一半新的；可是买粉的钱也没有法子想呀！"

"放屁！照你说，就不用种田了！不种田，吃什么，用什么，拿什么来还债？"

老通宝跳着脚咆哮，手指头戳到阿四的脸上。阿四苦着脸叹气。他知道老子的话不错，他们只有在田里打算半年的衣食，甚至还债；可是他近来的经验又使他知道借了债来做本钱种田，简直是替债主做牛马——牛马至少还能吃饱，他一家却是吃不饱。"还种什么田！白忙！"——四大娘也时常这么说。他们夫妇俩早就觉得多多头所谓"乡下人欠了债就算一世完了"这句话真不错，然而除了种田有别的活路么？因此他们夫妇俩最近的决议也不过是：决不为了种田要本钱而再借债。

看见儿子总是不作声，老通宝赌气，说是"不再管他们的账"了。当天下午他就跑到镇里，把儿子的"败家相"告诉了亲家张老头儿,又告诉了小陈老爷;两位都劝老通宝看破些,"儿孙自有儿孙福"。那一天,老通宝就住在镇上过夜。可是第二天一清早,小陈老爷刚刚抽足了鸦片打算睡觉,老通宝突然来借钱了。数目不多,一张豆饼的代价。一心想睡觉的小陈老爷再三推托不开,只好答应出面到豆饼行去赊。

豆饼拿到手后,老通宝就回家,一路上有说有笑。到家后他把那饼放在廊檐下,却板起了脸孔对儿子媳妇说:

"死了才不来管你们呀!什么债,你们不要多问,你们只管替我做!"

春蚕时期的幻想,现在又在老通宝的倔强的头脑里蓬勃发长,正和田里那些秧一样。天天是金黄色的好太阳,微微的风,那些秧就同有人在那里拔似的长得非常快。河里的水却也飞快地往下缩。水车也拿出来摆在埂头了。阿四一个人忙不过来。老通宝也上去踏了十多转就觉得腰酸腿重气喘。"哎!"叹了一声,他只好爬下来,让四大娘上去接班。

稻发疯似的长起来,也发疯似的要水喝。每天的太阳却又像火龙似的把河里的水一寸一寸地喝干。村坊里到处嚷着"水车上要人",到处拉人帮忙踏一班。荷花家今年只种了些杂粮,她和她那不声不响的可怜相的丈夫是比较空闲的,人们也就忘记了荷花是"白虎星",三处四处拉他们夫妇俩走到车上替一班。陆福庆今年退了租,也是空身子,他们兄妹俩就常常来帮老通宝家。只有那多多头,因为老通宝死不要见他,村里很少来;有时来了,只去帮别人家的忙。

每天早上人们起来看见天像一块青石板似的晴朗,就都皱了眉头。偶尔薄暮时分天空有几片白云,全村的人都欢呼起来。老太婆眯着老花眼望着天空念佛。但是一次一次只是空高兴。扣到一个足月,也没下过一滴雨呀!

老通宝家的田因为地段高,特别困难。好容易从那干涸的河里车起了浑浊的泥水来,经过那六七丈远的沟,便被那燥渴的泥土截收了一半。田里那些壮健的稻梗就同患了贫血症似的一天一天见得黄萎了。老通宝看着心疼,急得搓手跺脚没有办法。阿四哭丧着脸不开口。四大娘冷一句热一句抱怨;咬定了今年的收成是没有巴望的了,白费了人工,而且多欠出一张豆饼的债!

"只要有水,今年的收成怕不是上好的!"

老通宝听到不耐烦的时候,软软地这样回答。四大娘立刻叫了起来:

"呀!水,水!这点子水,就好比我们的血呀!一古脑儿只有我和阿四,再搭上陆家哥哥妹妹俩算一个,三个人能有多少血?磨了这个把月,也干了呀!多多头是一个生力,你又不要他来!呀——呀——"

"当真叫多多头来罢!他比得上一条牛!"

阿四也抢着说,对老婆努了一下嘴巴。

老通宝不作声,吐了一口唾沫。

第二天,多多头就笑嘻嘻地来帮着踏车了。可是已经太迟。河水干到只剩河中心的一泓,阿四他们接了三道戽,这才彀得到水头,然而半天以后就不行了,任凭多多头力大如牛,也车不起水来。靠西边,离开他们那水车地位四五丈远,水就深些,多多头站在那里没到腰。可是那边没有埂头,没法排水车。如果晚上老天不下雨,老通宝家的稻就此完了。

不单是老通宝家,村里谁家的田不是三五天内就要干裂得像龟甲呀!人们爬到高树上向四下里张望。青石板似的一个天,简直没有半点云彩。

唯一的办法是到镇上去租一架"洋水车"来救急。老通宝一听到"洋"字,就有点不高兴。况且他也不大相信那洋水车会有那么大的法力。去年发大水的时候,邻村的农民租用过那洋水车。老通宝虽未目睹,却曾听得那爱管闲事的黄道士啧啧称羡。但那是"踏大水车"呀,如今却要从半里路外吸水过来,怕不灵罢?正在这样怀疑着的老通宝还没开口,四大娘却先愤愤地叫了起来:

"洋水车倒好,可是租钱呢?没有钱呀!听说踏满一爿田就要一块多钱!"

"天老爷显灵。今晚上落一场雨,就好了!"

老通宝也决定了主意了。他急急忙忙跑到村外小桥头那座简陋不堪的"财神堂"前磕了许多响头，许了大大的愿心。

这一夜，因为无水可车，阿四他们倒呼呼地睡了一个饱。老通宝整夜没有合眼。听见有什么簌簌的响声，便以为是在下雨了，他就一骨碌爬起来，到廊檐口望着天。并没有雨，但也没有星，天是一张灰色的脸。老通宝在失望之下还有点希望，于是又跪在地下祷告。到他第三次这样爬起床来探望的时候，东方已经发白，他就跑到田里去看他那宝贝的稻。夜来露水是有的，稻比白天的骄阳下稍稍显得青健。但是田里的泥土已经干裂，有几处简直把手指头压上去不觉得软。老通宝心跳得卜卜地响。他知道过一会儿来了太阳光一照，这些稻准定是没有命的，他一家也就没命了。

他回到自家门前的稻场上。一轮血红的太阳正在东方天边探出头来。稻场前那差不多干到底的小河长满了一身的野草。本村坊的人又利用那河滩种了些玉蜀黍，现在都像人那样高了。五六个人站在那玉蜀黍旁边吵架似的嚷着。老通宝惘然走过去，也站在那伙人旁边。他们都是村里人，正在商量大家打伙儿去租用镇上那条"洋水车"。他们中间一个叫做李老虎的说：

"要租，就得赶快！洋水车天天有生意。昨晚上说是今天还没定出，你去迟了就扑一个空，那不是糟糕？老通宝，你也来一股罢？"

老通宝瞪着眼发怔,好像没有听明白。有两个念头填满了他的心,使他说不出话来;一个是怕的"洋水车"也未必灵,又一个是没有钱。而且他打算等别人用过了洋水车,当真灵,然后他再来试一下。钱呢,也许可以欠几天。

　　这天上午,老通宝和阿四他们就像守着一个没有希望的病人似的在圩头下埂头上来来回回打磨旋。稻是一刻比一刻"不像"了,最初垂着头,后来就折腰,田里的泥土喷喷地发出燥裂的叹息。河里已经无水可车,村坊里的人全都闲着。有几个站在村外的小桥上,焦灼地望着那还没见来的医稻的郎中——那洋水车!

　　正午时分,毒太阳就同火烫一般,那些守在小桥上的人忽然发一声喊:来了!一条小船上装着一副机器——那就是洋水车!看去并没什么出奇的地方,然而这东西据说抽起水来就比七八个壮健男人还厉害。全村坊的人全出来观看了。老通宝和他的儿子也在内。他们看见那装着机器的船并不拢岸,就那么着泊在河心,却把几丈长臂膊粗的发亮的软管子拖到岸上,又搁在田横埂头。

　　"水就从这管口里出来,灌到田里!"

　　管理那软管子的镇上人很卖弄似的对旁边的乡下人说。

　　突然,那船上的机器发喘似的叫起来。接着,咕的一声,第一口水从软管子口里吐出来了,于是就汩汩汩地直泻,一点也不为难。村里人看着,嚷着,笑着,忘记了这水是要花钱的。

老通宝站得略远些,瞪出了眼睛,注意地看着。他以为船上那突突地响着的家伙里一定躲着什么妖怪——也许就是镇上土地庙前那池潭里的泥鳅精,而水就是泥鳅精吐的涎沫,而且说不定到晚上这泥鳅精又会悄悄地来把它此刻所吐的涎沫收回去,于是明天镇上人再来骗钱。

但是一切的狐疑始终敌不住那绿汪汪的水的诱惑。当那洋水车灌好了第二爿田的时候,老通宝决定主意请教这"泥鳅精",而且决定主意夜里拿着锄头守在田里,防那泥鳅精来偷回它的唾沫。

他也不和儿子媳妇商量,径拉了黄道士和李老虎做保人,担保了二分月息的八块钱,就取得船上人的同意,也叫那软管子到他田里放水去了。

太阳落山的时候,老通宝的田里平铺着一寸深的油绿绿的水,微风吹着,水皱得像老太婆的脸。老通宝看着很快活,也不理四大娘的唠唠叨叨聒着"又是八块钱的债"!八块钱诚然不是小事,但收起米不是可以卖十块钱一担么?去年糙米也还卖到十一块半呀!整个的幻想又在老通宝心里复活起来了。

阿四仍然摆着一张哭丧脸,呆呆地对田里发怔。水是有了,那些稻依然垂头弯腰,没有活态。水来得太迟,这些娇嫩的稻已经被太阳晒脱了力。

"今晚上用一点肥田粉，明后天就会好起来。"

忽然多多头的声音在阿四耳边响。阿四心就一跳。可不是，还有一包肥田粉，没有用过呀！现在是用当其时了。吊完了地里的壮气么？管他的！但是猛不防老通宝在那边也听得多多头那句话，这老头子就像疯老虎似的扑过来喊道：

"毒药！'小长毛'的冤鬼，杀胚！你要下毒药么？"

大家劝着，把老通宝拉开。肥田粉的事，就此不提了。老通宝余怒未息地对阿四说：

"你看！过一夜，就会好的！什么肥田粉，毒药！"

于是既怕那泥鳅精来收回唾液，又怕阿四他们偷偷地去下肥田粉，这一夜里，老通宝抵死也要在田塍上看守了。他不肯轻易传授他的"独得之秘"，他不说是防着泥鳅精，只说恐怕多多头串通了阿四还要来胡闹。他那顽固是有名的！

一夜平安过去了，泥鳅精并没来收回它的水，阿四和多多头也没胡闹。可是那稻照旧奄奄无生气，而且有几处比昨天更坏。老通宝疑惑是泥鳅精的唾液到底不行，然而别人家田里的稻都很青健。四大娘噪得满天红，说是"老糊涂断送了一家的性命"。老通宝急得脸上泛成猪肝色。陆福庆劝他用肥田粉试试看，或者还中用，老通宝呆瞪着眼睛只不作声。那边阿四和多多头早已拿出肥田粉来撒布了。老通宝别转脸去不愿意看。

以后接连两天居然没有那烫得皮肤上起泡的毒太阳。田里水还有半寸光景。稻又生青壮健起来了。老通宝还是不肯承认肥田粉的效力，但也不再说是毒药了。阴天以后又是萧索索的小雨。雨过后有微温的太阳光。稻更长得有精神了，全村坊的人都松一口气，现在有命了：天老爷还是生眼睛的！

接着是凉爽的秋风来了。四十多天的亢旱酷热已成为过去的噩梦。村坊里的人全有喜色。经验告诉他们这收成不会坏。"年纪不是活在狗身上"的老通宝更断言着"有四担米的收成"，是一个大熟年！有时他小心地抚着那重甸甸下垂的稻穗，便幻想到也许竟有五担的收成，而且粒粒谷都是那么壮实！

同时他的心里便打着算盘：少些说，是四担半罢，他总共可以收这么四十担；完了八八六担四的租米，也剩三十来担；十块钱一担，也有三百元，那不是他的债清了一大半？他觉得十块钱一担是最低的价格！

只要一次好收成，乡下人就可以翻身，天老爷到底是生眼睛的！

但是镇上的商人却也生着眼睛，他们的眼睛就只看见自己的利益，就只看见铜钱，稻还没有收割，镇上的米价就跌了！到乡下人收获他们几个月辛苦的生产，把那粒粒壮实的谷打落到稻筒里的时候，镇上的米价飞快地跌到六元一石！再到乡下人不怕眼睛盲地砻谷的时候，镇上的米价跌到一担糙米只值四元！最后，乡下人挑了糙米上市，就是三元一担也不容易出脱！米店的老板冷冷地看着哭丧着脸的乡下人，爱理不理似的冷冷地说：

"这还是今天的盘子呀！明天还要跌！"

然而讨债的人却川流不绝地在村坊里跑，汹汹然嚷着骂着。请他们收米罢？好的！糙米两元九角，白米三元六角！

老通宝的幻想的肥皂泡整个儿爆破了！全村坊的农民哭着，嚷着，骂着。"还种什么田！白辛苦了一阵子，还欠债！"——四大娘发疯似的见到人就说这一句话。

春蚕的惨痛经验作成了老通宝一场大病，现在这秋收的惨痛经验便送了他一条命。当他断气的时候，舌头已经僵硬不能说话，眼睛却还是明朗朗的；他的眼睛看着多多头，似乎说："真想不到你是对的！真奇怪！"

1933年1月

（原载1933年4月15日、5月15日《申报月刊》第2卷第4、5期）

散 文

北风和霜雪虽然凶猛,终不能永远的不过去。相反的,冬天的寒冷愈甚,就是"冬"的运命快要告终,"春"已在叩门。

严霜下的梦

七八岁以至十一二,大概是最会做梦最多梦的时代罢?梦中得了久慕而不得的玩具;梦中居然离开了大人们的注意的眼光,畅畅快快地弄水弄火;梦中到了民间传说里的神仙之居,满攫了好玩的好吃的。当母亲铺好了温暖的被窝,我们孩子勇敢地钻进了以后,嗅着那股奇特的旧绸的气味,刚合上了眼皮,一些红的、绿的、紫的、橙黄的、金碧的、银灰的,圆体和三角体,各自不歇地在颤动,在扩大,在收小,在漂浮的,便争先恐后地挤进我们孩子的闭合的眼睑;这大概就是梦的接引使者罢?从这些活动的虹桥,我们孩子便进了梦境;于是便真实地享受了梦国的自由的乐趣。

大人们可就不能这么常有便宜的梦了。在大人们,夜是白天勤劳后的休息;当四肢发酸,神经麻木,软倒在枕头上以后，总是无端地便失了知觉，直到七八小时以后，苏生的精力再机械地唤醒他，方才揉了揉睡眼，再奔赴生活的前程。大人们是没有梦的！即使有了梦，那也不过是白天忧劳苦闷的利息，徒增醒后的惊悸，像一篇好的悲剧，夸大地描出了悲哀的组织，使你更能意识到而已。即使有了可乐意的好梦，那又还不是睡谷的恶意的孩子们来嘲笑你的现实生活里的失意？来给你一个强烈的对比，使你更能意识到生活的愁苦？

能够真心地如实地享受梦中的快活的，恐怕只有七八岁以至十一二的孩子罢？在大人们，谁也没有这等廉价的享乐罢？说是尹氏的役夫曾经真心地如实地享受过梦的快乐，大概只不过是伪《列子》杂收的一段古人的寓言罢哩。在我尖锐的理性，总不肯让我跌进了玄之又玄的国境，让幻想的抚摸来安慰了现实的伤痕。我总觉得，梦，不是来挖深我的创痛，就是来嘲笑我的失意；所以我是梦的仇人，我不愿意晚上再由梦来打搅我的可怜的休息。

但是惯会揶揄人们的顽固的梦，终于光顾了；我连得了几个梦。

——步哨放得多么远！可爱的步哨呵：我们似曾相识。你们和风雨操场周围的荷枪守卫者，许就是亲兄弟？是的，你们是。再看呀！那穿了整齐的制服，紧捏着长木棍子的小英雄，够多么可爱！我看见许多认识的和不认识的面孔，男的和女的,穿便衣的和穿军装的,短衣的和长褂的:脸上都耀着十分的喜气,像许多小太阳。我听见许多方言的急口的说话,我不尽懂得,可是我明白——真的,我从心底里明白他们的意义。

——可不是?我又听得悲壮的歌声,激昂的军乐,狂欢的呼喊,春雷似的鼓掌,沉痛的演说。

——我看见了庄严,看见了美妙,看见了热烈;而且,该是一切好梦里应有的事罢,我看见未来的憧憬凝结而成为现实。

——我的陶醉的心,猛击着我的胸膈。呀!这不客气的小东西,竟跳出了咽喉关,即使我的两排白灿灿的牙齿是那么壁垒森严,也阻不住这猩红的一团!它飞出去了,挂在空间。而且,这分明是荒唐的梦了。我看见许多心都从各人的嘴唇边飞出来,都挂在空间,联结成为红的热的动的一片;而且,我又见这一片上显出字迹来。

——我空着腔子,努力想看明白这些字迹。头是最先看见:"中国民族革命的发展。"尾巴也映进了我的眼帘:"世界革命的三大柱石。"可是中段,却很模糊了;我继续努力辨识,忽然,轰!屋梁凭空掉下来。好像我也大叫了一声;可是,以后,什么都不知道,什么都已消灭!

我的脸,像受人批了一掌;意识回到我身上;我听得了扑扑的翅膀声,我知道又是那不名誉的蝙蝠把它的灰色的似是而非的翼子扇了我的脸。

"呔!"我不自觉地喊出来。然后,静寂又回复了统治;我只听得那小东西的翅膀在凝冻的空气中无目的地乱扑。窗缝中透进了寒光,我知道这是肃杀的严霜的光,我翻了个身,又沉沉地负气似的睡着了。

——好血腥呀,天在雨血!这不是宋王皮囊里的牛羊狗血,是真正老牌的人血。是男子颈间的血,女人的割破的乳房的血,小孩子心肝的血。血,血!天开了窟窿似的在下血!青绿的原野,染成了绛赤。我撩起了衣裾急走,我想逃避这还是温热的血。

——然后,我又看见了火。这不是Nero①烧罗马引起他的诗兴的火,这是地狱的火;这是Surtr②烧毁了空陆冥三界的火!轰轰的火柱卷上天空,太阳骇成了淡黄脸,苍穹涨红着无可奈何似的在那里挺挣。高高的山岩,熔成了半固定质,像饧糖似的软摊开来,填平了地面上的一切坎坷。而我,我也被胶结在这坦荡荡的硬壳下。

"呔!"

冷空气中震颤着我这一声喊。寒光从窗缝中透进来,我知道这还是别人家瓦上的严霜的光亮,这不是天明的曙光;

---

① Nero,即尼禄,古罗马皇帝。
② Surtr,即北欧神话中的火焰巨人苏尔体尔。冰雪是北欧人的大敌。传说苏尔体尔有一发亮的大刀,常给北方来的冰山以致命的刺击。

我不管事似的又翻了个身,又沉沉地负气似的睡着了。

——玫瑰色的灯光,射在雪白的臂膊上;轻纱下面,颤动着温软的乳房,嫩红的乳头像两粒诱人馋吻的樱桃。细白米一样的齿缝间淌出 Sirens[①] 的迷魂的音乐。可爱的 Valkyrs[②],刚从血泊里回来的 Valkyrs,依旧是那样美妙!三四辈少年,围坐着谈论些什么;他们的眼睛闪出坚决的牺牲的光。像一个旁观者,我完全迷乱了。我猜不透他们是准备赴结婚的礼堂呢,抑是赴坟墓。可是他们都高兴地谈着我所不大明白的话。

——"到明天……"

——"到明天,我们不是死,就是跳舞了!"

——我突然明白了,同时,我的心房也突然缩紧了;死不是我的事,跳舞有我的份儿么?像小孩子牵住了母亲衣裙要求带赴一个宴会似的,我攀住了一只臂膊。我祈求,我自讼。我哭泣了!但是,没有了热的活的臂膊,却是焦黑的发散着烂肉臭味的什么了——我该说是一条从烈火里掣出来的断腿罢?我觉得有一股铅浪,从我的心里滚到脑壳。我听见女子的歇斯底里的喊叫,我仿佛看见许多狼,张开了利锯样

[①] Sirens,古希腊传说中半身是人半身是鸟的海妖,常以美妙的歌声诱杀过路的海员。

[②] Valkyrs,北欧神话中神的十二个侍女之一,其职责是飞临战场上空,选择那些阵亡者和引导他们的英灵赴奥丁神的殿堂宴饮。

的尖嘴,在撕碎美丽的身体。我听得愤怒的呻吟。我听得饱足了兽欲的灰色东西的狂笑。

我惊悸地抱着被窝一跳,又是什么都没有了。

呵,还是梦!恶意的揶揄人的梦呵!寒光更强烈地从窗缝里探进头来,嘲笑似的落在我脸上;霜华一定是更浓重了,但是什么时候天才亮呀?什么时候,Aurora①的可爱的手指来赶走凶残的噩梦的统治呀?

1928年1月12日于荷叶地。
(原载1928年2月5日《文学周报》第6卷第2期)

---

① Aurora,古罗马神话中的曙光女神。

叩　门

答,答,答!

我从梦中跳醒来。

——有谁在叩我的门?我迷惘地这么想。我侧耳静听,声音没有了。头上的电灯洒一些淡黄的光在我的惺忪的脸上。纸窗和帐子依然是那么沉静。

我翻了个身,蒙眬地又将入梦,突然那声音又将我唤醒。在答、答的小响外,这次我又听得了呼——呼——的巨声。是北风的怒吼罢?抑是"人"的觉醒?我不能决定。但是我的血沸腾。我似乎已经飞出了房间,跨在北风的颈上,袤然驱驰于长空!

然而巨声却又模糊了,低微了,消失了;蜕化下来的只是一段寂寞的虚空。

——只因为是虚空，所以才有那样的巨声呢！我哑然失笑，明白我是受了哄。

我睁大了眼，紧裹在沉思中。许多面孔，错落地在我眼前跳舞；许多人声，嘈杂地在我耳边争讼。蓦地一切都寂灭了，依然是那答，答，答的小声从窗边传来，像有人在叩门。

"是谁呢？有什么事？"

我不耐烦地呼喊了。但是没有回音。

我捻灭了电灯。窗外是青色的天空闪耀着几点寒星。这样的夜半，该不会有什么人来叩门，我想，而且果真是有什么人呀，那也一定是妄人：这样唤醒了人，却没有回答。

但是打断了我的感想，现在门外是殷殷然有些像雷鸣。自然不是蚊雷。蚊子的确还有，可是躲在暗角里，早失却了成雷的气势。我也明知道不是真雷，那在目前也还是太早。我在被窝内翻了个身，把左耳朵贴在枕头上，心里疑惑这殷殷然的声音只是我的耳朵的自鸣。然而忽地，又是——

答，答，答！

这第三次的叩声，在冷空气中扩散开来，格外地响，颇带些凄厉的气氛。我无论如何再耐不住了，我跳起身来，拉开了门往外望。

什么也没有。镰刀形的月亮在门前池中送出冷冷的微光，池畔的一排樱树，裸露在凝冻了的空气中，轻轻地颤着。

什么也没有，只一条黑狗爬在门口，侧着头，像是在那里偷听什么，现在是很害羞似的垂了头，慢慢地挨到檐前的地板下，把嘴巴藏在毛茸茸的颈间，缩做了一堆。

我暂时可怜这灰色的畜生，虽然一个岔岔的怒斥掠过我的脑膜：

是你这工于吠影吠声的东西，丑人作怪似的惊醒了人，却只给人们一个空虚！

（原载1929年1月10日《小说月报》第20卷第1号）

雾

雾遮没了正对着后窗的一带山峰。

我还不知道这些山峰叫什么名儿。我来此的第一夜就看见那最高的一座山的顶巅像钻石装成的宝冕似的灯火。那时我的房里还没有电灯,每晚在暗中默坐,凝望这半空的一片光明,使我记起了儿时所读的童话。实在的呢,这排列得很整齐的依稀分为三层的火球,衬着黑魆魆的山峰的背景,无论如何,是会引起非人间的缥缈的思想的。

但在白天看来,却就平凡得很。并排的五六个山峰,差不多高低,就只最西的一峰戴着一簇房子,其余的仅只有树;中间最大的一峰竟还有濯濯的一大块,像是癞子头上的疮疤。

现在那照例的晨雾把什么都遮没了,就是稍远的电线杆也躲得毫无影踪。

渐渐地太阳光从浓雾中钻出来了。那也是可怜的太阳呢！光是那样的淡弱。随后它也躲开，让白茫茫的浓雾吞噬了一切，包围了大地。

我诅咒这抹煞一切的雾！

我自然也讨厌寒风和冰雪。但和雾比较起来，我是宁愿后者呵！寒风和冰雪的天气能够杀人，但也刺激人们活动起来奋斗。雾，雾呀，只使你苦闷，使你颓唐阑珊，像陷在烂泥淖中，满心想挣扎，可是无从着力呢！

傍午的时候，雾变成了牛毛雨，像帘子似的老是挂在窗前。两三丈以外，便只见一片烟云——依然遮抹一切，只不是雾样的罢了。没有风。门前池中的残荷梗时时忽然急剧地动摇起来，接着便有红鲤鱼的活泼泼的跳跃划破了死一样平静的水面。

我不知道红鲤鱼的轨外行动是不是为了不堪沉闷的压迫？在我呢，既然没有杲杲的太阳，便宁愿有疾风大雨，很不耐这愁雾的后身的牛毛雨老是像帘子一样挂在窗前。

1928年11月14日。

（原载1929年2月10日《小说月报》第20卷第2号）

虹

不知在什么时候，金红色的太阳光已经铺满了北面的一带山峰。但我的窗前依然洒着绵绵的细雨。

早先已经听人说过这里的天气不很好。敢就是指这样的一边耀着阳光，一边却落着泥人的细雨？光景是多少像故乡的黄梅时节呀！出太阳，又下雨。

但前晚是有过浓霜的了。气温是华氏表四十度。

无论如何，太阳光是欢迎的。我坐在南窗下看 N. Evréinoff①的剧本。看这本书，已经是第三次了；可是对于那个象征了顾问和援助者，并且另有五个人物代表他的多方

---

① N. Evréinoff，尼·叶夫列伊诺夫（1879—1953），俄国剧作家、戏剧理论家和史学家。

面的人格的剧中主人公Paraclete，我还是不知道应该憎呢或是爱。

这不是也很像今天这出太阳又下雨的天气么？

我放下书，凝眸遥瞩东面的披着斜阳的金衣的山峰，我的思想跑得远远的。我觉得这山顶的几簇白房屋就仿佛是中古时代的堡垒，那里面的主人应该是全身裹着铁片的骑士和轻盈婀娜的美人。

欧洲的骑士样的武士，岂不是曾在这里横行过一世？百余年前，这群山环抱的故都，岂不是一定曾有些挥着十八贯的铁棒的壮士？岂不是余风流沫尚像地下泉似的激荡着这个近代化的散文的都市？

低下头去，我浸入于缥缈的沉思中了。

当我再抬头时，咄！分明的一道彩虹划破了蔚蓝的晚空。什么时候它出来，我不知道；但现在它像一座长桥，宛宛地从东面山顶的白房屋后面，跨到北面的一个较高的青翠的山峰。呵，彩虹！古代希腊人说你是渡了麦丘立到冥国内索回春之女神①，你是美丽的希望的象征！

但虹一样的希望也太使人伤心。

于是我又恍惚看见穿了锁子铠，戴着铁面具的骑士涌现在这半空的彩桥上；他是要找他曾经发过誓矢忠不二的"贵

---

① 春之女神，指希腊神话中春之女神普洛色宾纳。

夫人"呢，还是要扫除人间的不平？抑或他就是狐假虎威的"鹰骑士"？

天色渐渐黑下来了，书桌上的电灯突然放光，我从幻想中抽身。

像中世纪骑士那样站在虹的桥上，高揭着什么怪好听的旗号，而实在只是出风头，或竟是待价而沽，这样的新式的骑士，在"新黑暗时代"的今日，大概是不会少有的罢？

（原载1929年3月10日《小说月报》第20卷第3号）

红　叶

朋友们说起看红叶，都很高兴。

红叶只是红了的枫叶，原来极平凡，但此间人当作珍奇，所以秋天看红叶竟成为时髦的胜事。如果说春季是樱花的，那么，秋季便该是红叶的了。你不到郊外，只在热闹的马路上走，也随处可以见到这"幸运儿"的红叶：十月中，咖啡馆里早已装饰着人工的枫树，女侍者的粉颊正和蜡纸的透明的假红叶掩映成趣；点心店的大玻璃橱窗中也总有一枝两枝的人造红叶横卧在鹅黄色或是翠绿色的糕饼上；那边如果有一家"秋季大卖出"的商铺，那么，耀眼的红光更会使你的眼睛发花。"幸运儿"的红叶呵，你简直是秋季的时令神。

在微雨的一天，我们十分高兴地到郊外的一处名胜去看红叶。

并不是怎样出奇的山,也不见得有多少高。青翠中点缀着一簇一簇的红光,便是吸引游人的全部风景。山径颇陡峻,幸而有石级;一边是谷,缓缓地流过一道浅涧;到了山顶俯视,这浅涧便像银带子一般晶明。

山顶是一片平场。出奇的是并没有一棵枫树,却只有个卖假红叶的小摊子。一排芦席棚分隔成二十多小间,便是某酒馆的"雅座",这时差不多快满座了。我们也占据了一间,并没有红叶看,光瞧着对面的绿丛丛的高山峰。

两个喝得满脸通红的旅客,挽着臂在泥地上婆娑跳舞,另一个吹口琴,呜呜地响着,听去是"悲哀"的调子。忽而他们都哈哈笑起来;是这样地响,在我们这边也觉得震耳。

芦席棚边有人摆着小摊子卖白泥烧的小圆片,形状很像二寸径的碟子;游客们买来用力掷向天空,这白色的小圆片在青翠色的背景前飞了起来,到不能再高时,便如白燕子似的斜掠下来(这是因为受了风),有时成为波纹,成为弧形,似乎还是簌簌地颤动着,约莫有半分钟,然后失落在谷内的丰草中;也有坠在浅涧里的,那就见银光一闪——你不妨说这便是水的欢迎。

早就下着的雨,现在是渐渐大了。游客们不知在什么时候已经减少了许多。山顶的广场(那就是游览的中心)便显得很寂静,芦棚下的"雅座"里只有猩红的毡子很整齐地躺着，时间大概是午后三时。

我们下山时雨已经很大；路旁成堆的落叶此时经了雨濯，便洗出绛红的颜色来，似乎要与那些尚留在枝头的同伴们比一比谁是更"赤"。

"到山顶吃饭喝酒，掷白泥的小圆片，然后回去：这便叫作看红叶。谁曾在都市的大街上看见人造红叶的盛况的，总不会料到看红叶原来只是如此这般一回事！"

我在路旁拾起几片红叶的时候，忍不住这样想。

(原载1929年3月10日《小说月报》第20卷第3号)

故乡杂记

第一　一封信

年青的朋友：

这算是我第一次写信给你。写几千字的长信，在我是例外之例外；我从来没有写过一千字以上的长信，但此刻提起了笔，我就觉得手下这封信大概要很长，要打破了向来的记录。原因是我今天忽然有了写一封长信的兴趣和时间。

朋友！你大概能够猜想到这封信是在怎样的环境下写起来的罢？是在我的故乡的老屋，更深人静以后，一灯如豆之下！故乡！这是五六万人口的镇，繁华不下于一个中等的县城；这又是一个"历史"的镇，据《镇志》，则宋朝时"汉奸"秦桧的妻子王氏是这镇的土著，镇中有某寺乃梁昭明太子萧统偶居读书的地点，镇东某处是清朝那位校刊《知不足斋丛书》的鲍廷博的故居。现在，这老镇颇形衰落了，农村经济破产的黑影沉重地压在这个镇的市廛。

可是现在我不想对你说到老镇的一切，我先写此次旅途的所见。

朋友，我劝你千万莫要死钉住上海那样的大都市，成天价只把几条理论几张统计表或是一套"政治江湖十八诀"在脑子里倒去颠来。到各处跑跑，看看经济中心或政治中心的大都市以外的人生，也颇有益，而且对于你那样的年青人，或者竟是必要的。我向来喜欢旅行，但近年来因为目疾胃病轮流不断地作怪，离不开几位熟悉了的医生，也使我不得不钉住在上海了。所以此次虽然是一些不相干的事，我倒很愿意回故乡走一遭。

朋友，你猜想来我是带了一本什么书在火车中消遣？"金圣叹手批《中国预言七种》"！

这是十九路军退出上海区域前后数日内，上海各马路转角的小报摊所陈列，或是小瘪三们钉在人背后发狂地叫卖的流行品之一！我曾经在小报摊上买了好几种版式的《推背图》和《烧饼歌》，但此部《中国预言七种》却是离开上海的前夕到棋盘街某书局买来的，实花大洋八角。朋友，也许你觉得诧异罢？我带了这唯一的书作为整整一天的由火车而小轮船而民船的旅途中的消遣！

我们见过西洋某大预言家对于一九三二年的预言。路透社曾使这个预言传遍了全世界。这个"预言"宣称一九三二年将有大战争爆发，地球上一个强国将要覆灭，一种制度（使得全世界感到不安，有若芒刺在背的一种制度），将在战争的炮火下被扫除。路透社郑重声明这位预言家曾经"预言"了一九一四年的世界大战，所以是"权威的"预言家。不妨说就是西洋的刘伯温或袁天罡、李淳风罢？然而资本主义国家的"预言家"毕竟和封建中国的刘伯温等等有点不同。资本主义国家预言家的"使命"是神秘地暗示了帝国主义者将有的动作，而且预先给这将有的动作准备意识——换言之，就是宣传，就是鼓动。因此，它的作用是积极的。封建中国的"传统的"预言家如刘伯温等等及其《烧饼歌》《推背图》，却完全是消极作用。取例不远，即在此次上海的战事。二月二十日左右，日本援军大至，中国却是"后援不继"，正所谓"胜负之数，无待蓍龟"的当儿，大批的《烧饼歌》和《推背图》就出现于上海各马路上了。《烧饼歌》和《推背图》原是老东西，可是有"新"的注解，为悲愤的民众心理找一个"定命论"的发泄和慰安。闸北的毁于炮火既是"天意"，那就不必归咎于谁何，而且一切既系"天意"，那就更不必深痛于目前的失败，大可安心睡觉——或者是安心等死了：这是消极的解除了民众的革命精神，和缓了反帝国主义的高潮。这是一种麻醉的艺术品，特种的封建式的麻醉艺术品！

朋友！我发了太多的议论，也许你不耐烦罢？好，我回到我的正文：我在三等客车中翻阅那本《中国预言七种》。突然有一个声音在我耳边叫道：

"喂，看见么？'将军头上一棵草'！真不含糊！"

我转过头去看了一眼，原来是坐在我旁边的一位商人；单看他那两手捏成拳头，端端正正放在大腿上，挺直了腰板正襟危坐的那种姿势，就可以断定他是北方人。朋友，你知道，我对于"官话"，虽说程度太差，可是还能听得懂，但眼前这位北方人的一句话，我简直没有全懂；"将军——什么？"我心里这样猜度，眼珠翻了一翻，就微微一笑。朋友，我有时很能够——并且很喜欢微笑；我又常常赞美人家的"适逢其会"的微笑。但是那时我的微微一笑大概时机不对，因为那位北方人忽然生气了；他的眉毛一挺，大声说：

"他妈的！将军头上一棵草！真怪！"

我听明白了。我虽不是金圣叹，也立刻悟到所谓"将军头上一棵草"是指的什么，我又忍不住微笑了。我立刻断定这是《推背图》或《烧饼歌》上的一句。我再看手里的《预言》。

"不错。万事难逃一个'数'。东洋兵杀到上海，火烧闸北——蔡廷锴、蒋光鼐，《烧饼歌》里都有呢！——上年的水灾，也应着《烧饼歌》里一句话……"

在我左边，又一个人很热心地说。这是一位南方人了，看去是介于绅而商中间的场面上人；他一面说，一面使劲地摇肩膀。我的眼睛再回到手里的书页上。

忽然一只焦黄而枯瘦的手伸到我面前来了；五个手指上的爪甲足有半寸长，都填满了垢污，乌黑黑地发光；同时，有一条痰喉咙发出的枯燥的声音：

"对勿住。借来看一看。"

我正要抬头来看是什么人，猛又听得一声长咳，扑的一口黄痰落在地板上，随即又看见一只穿了"国货"橡皮套鞋的脚踏在那堆痰上抹了一下。不知道为什么，我最怕这种随地吐痰而又用脚抹掉。我赶快抬起头来，恰好我手里的那本《预言》也被那只乌黑爪甲的枯黄手"抢"（容我说是抢罢）了去，此时我才看明白原来是坐在我对面的一位老先生，玳瑁边破眼镜而瓜皮皮帽。他架起了腿，咿咿唔唔念着书中的词句；曾经抹过那堆黄痰的一只橡皮套鞋微微摆动，鞋底下粘着的黄痰挂长为面条似的东西，很有弹性地跳着。

朋友，我把这些琐屑的情形描写出来，你不觉得讨厌么？也许你是。然而朋友，请你试从这些小事上去理解"高等华人"用怎样特殊的他们自己的方式接受了西洋的"文化"。他们用鞋底的随便一抹就接受了"请勿随地吐痰"的西洋"文化"。这种"中国化"的方法，你在上海电车里也许偶尔看到，但在内地则随时随地可以看到。他们觉得这样

"调和"中西的方法很妥当。至于为什么不要随地吐痰的本意，他们无心去过问，也永远不打算花心力去了解。

可是我再回到这位老先生罢。他把那本《预言》翻来翻去看了一会儿，就从那玳瑁边的眼镜框下泛起了眼珠对我说：

"人定不能胜天。你看十九路军到底退了！然而，同人先笑而后号咷，东洋人倒灶也快了呀！"

"哦——"我又微笑，只能用这一个声音来回答。

"不过，中原人大难当头，今年这一年能过得去就好！今年有五个'初一'是'火日'呀！今年八月里——咳，《烧饼歌》上有一句——咳，记不明白了，你去查考罢。总而言之，人心思乱。民国以来，年年打仗。前两年就有一只童谣：'宣统三年，民国二十年，共产五年，皇帝万万岁！'要有皇帝，才能太平！"

"可不是宣统皇帝已经坐了龙庭！"

我右边坐的那位北方人插进来说。

但是那老先生从玳瑁眼镜的框边望了那北方人一眼，很不以为然地哼了一声。又过一会儿，他方才轻声说：

"宣统！大清气数已尽，宣统将来要有杀身之祸。另是一个真命天子，还在田里找羊草！"

于是前后左右的旅客都热心地加进来谈论了。他们转述了许许多多某地有"真命天子"出世的传说。他们所述的

"未来真命天子"足有一打,都是些七八岁以至十三四岁的孩子,很穷苦的孩子。

朋友,在这里就有了中国的封建小市民的政治哲学:一治一乱,循环反复,乱极乃有治;然而拨乱反正,却又不是现在的当局,而是草野崛起的真命天子。《推背图》和《烧饼歌》就根据了此种封建小市民的政治哲学而造作。中国每一次的改朝换代,小市民都不是主角,所以此种"政治哲学"就带了极浓厚的定命论色彩。在现今,他们虽然已经感到巨大的变动就在目前,然而不了解这变动的经济的原因,他们只知道这变动是无可避免的,他们在畏惧,他们又在盼望。为什么盼望?因为乱极了乃有太平可享!

十一点三十分,到了K站,我就下车了。

(原载1932年6月1日《现代》第1卷第2期)

第二　内河小火轮

从火车上就看见"欢迎国联调查团[①]"的白布标语,横

[①] 1932年4月,国际联盟派英国贵族李顿(V. Lytton)率调查团来我国东北调查"九一八"事件。

挂在月台的檐下。这是中英文合璧的标语，今天清晨离开上海时，曾见到处张贴着此类标语，不料行了四小时，而此类标语，早已先我而在！中国统治阶级办事的手腕，有时原也很敏捷的。据各报消息，国联调查团将于明晨到达上海，而且将来经行沪杭路与否，尚不可知；然而这里车站上却已先期欢迎。于此又见中国统治阶级办事的手段有时异常精细而周到了。

车站大门上又有一条白纸黑字的招纸："税警团后方伤兵医院招待处"。

于是我忽然由"税警团"联想到鼎鼎大名的王赓，又联想到了陆小曼女士和故诗人徐志摩。更想到志摩在《猛虎集》序文中所反复自悼的"诗情枯窘"了。记得前年秋天在上海遇见他时，他也有同样的悲感——虽然他说话的态度永远是兴高采烈而且诙谐。那时我曾经这么发问："你推求过你这近年来诗思枯窘的原因么？"他耸耸肩膀微笑。过了一会儿，他吐露这样的意思：诗题尽有，但不知怎地，猛烈的诗情不能在他胸中燃烧。现在，经过了火与血的上海"一·二八"，假使徐志摩尚在，不知他还依旧感到诗情枯窘不？

这么胡乱想着，想着，我已经离开了车站，杂在一群各色人等皆有的杂牌旅客军中，冲开了人力车和脚夫的包围——还有连声唤问"南湖去喂？"的船娘，走到内河小火轮的埠头上了。这是个混杂的埠头。所有往来苏湖一带"内地"各市镇的轮船全都麇集在这里，卸下了旅客，又装上了旅客。我挤上了一条"无锡快"，问明白是经过我的故乡的，我就从叫卖着"花生酥""荸荠"等等小贩的圆阵内跑进船舱里去了。

已经是满舱的人，都是故乡的土白。这条船虽则要经过不少"码头"，但照例十之八九是我的故乡的旅客；十年前如此，现在仍然如此，就不知道再过十年将怎样。

船，已经不是十年前那条船，但船中的布置，形形色色的旅客，挤来挤去的小贩，都和十年前没有什么两样。只多了一两位剪发时装的女郎算是一九三二年的记号。

船头上仍旧挂着一块"水板"，淡墨的字是沿途所到各市镇的名儿，并肩排作一列；另一行大书"准一点半开船"，却是照例不"准"，照例要延迟。

我看自己的表，还只有十二点钟；我只好耐心坐在那里等候了。

渐渐儿从嘈杂的人声中辨出两三个人的对话来。一望而知都是小商人，很热心地在谈论上海战事的将来。他们以为中日间的"不宣而战"，还要继续与扩大，而结果一定是日本军的败北。他们中间一位剃了和尚头的四十多岁的人，很肯定地说：

"定规还要打！不打，太吭交代。东洋小鬼就是几只飞机兵船厉害，东洋兵是怕死的！东洋兵笨手笨脚，不及中国兵灵便，引他们到里厢，东洋的兵船开勿进来，飞机不认识路，东洋兵一定要吃败仗！"

"蛮对！要引他们进来。松江造好一个飞机场了。火车来时，你看见铁路旁边掘战壕么？松江落来，一连有四道战壕已经掘好了！"

另一个三十多岁的瘦长子接着说，并且意外地对我看了一眼，似乎要我出来证实他的"军事发现"，我又微笑了。松江左近新筑飞机场，当车过松江时，已经听得人们在那里说。至于"一连四道的战壕"呢，我是目击的；但我就有点怀疑于那样短短而简陋的壕沟能有多大的防御能力。从前我看见军官学校学生打野操时掘的战壕，就还要长，还要复杂。可是我并没把这疑问提出来叫那两位"主战的"小商人扫兴，我只是微笑。

坐在我旁边的第三位"老乡"，五十多岁的小商人（后来我知道他就是故乡某绸缎铺的经理），觉得我的微笑里有骨头，就很注意地望了我一眼，同时他摸着下巴很苦闷地自言自语着：

"定规是还要打。不过，一路来总不见兵，奇怪！——"

立刻那位三十多岁的瘦长子跳起来纠正了，险一些碰翻了站在旁边仰脸呆看的江北小孩子的荸荠篮。瘦长子虽然清瘦，声音却很大：

"啊，老先生，你弄错了。中国兵不是沿铁路驻扎的，都藏在乡下。——为啥？避避国联调查员的眼睛呀！你不相信，去看！嘉兴城里也不扎兵。不过，落去到陶家泾，就驻扎了两万多兵，全是驻扎在茧厂里——"

他的话在此一顿，伸手抓一下头皮，然后转身把嘴巴凑近了那位剃光和尚头的同伴的耳边，又用左手掌掩在嘴边，显然有几句更重要更"机密"的话将要说出来；却不料他身旁那位仰脸呆看的卖荸荠的江北小孩子猛然觉醒过来似的本能地喊卖起来：

"荸荠呀！拴白荸荠呀！"

这一声叫卖虽然是职业地响亮而且震耳，但在此嘈杂的"无锡快"中却也并不见得出众的讨厌；然而我那位三十多岁的瘦长子老乡蓦地生气了。他不说话了，反手将卖荸荠的江北小孩子一推，就喊道：

"讨厌！卖荸荠的出去！江北人顶惹厌！上海要捉江北人，江北汉奸！"

同船的人都哄然大笑，也一叠声喊着："江北人出去，出去！"那边房舱里的客人也被惊动了。有一位剪发的女郎探出头来看望。她穿一件灰色法兰绒的春大衣，毛葛长旗袍，旗袍的跨缝也开得很高，露出那长而且大的裤管，粗看就仿佛一条裙子似的晃着晃着。小江北人提起荸荠篮怔了片刻，就慌慌张张跑到后艄去了。另一个卖花生酥的黄脸男子，门牙都落在嘴唇皮外，又怪样地留着一抹黄须的，就填补了那个小江北人遗下来的地盘。

不知道是何因缘，那卖花生酥的黄脸汉子认定了我是一个好主顾，用了苍蝇叮血那样的韧精神来向我兜售他的货品了。他翘起他那乌黑的长爪甲的手指，从他的托盘内取出一盒花生酥打开来，拈了一块直送到我的鼻子尖，一面夸奖他的货色：

"闻闻看，喷香，鲜甜，时新货！你先生是吃惯用惯！上一趟你交易了十盒去，送送朋友，大家称赞！今回还是十盒罢？另外买一盒，船里消消闲！"

我真有点窘了，碰见这样生意经烂熟的小贩，居然硬派我是他的老主顾，并且上一趟还交易过十盒。已有十年之久，我不曾坐过这条船！何来"上一趟"的交易呀！但是这位黄脸汉子，当真有些儿面熟。哦，想起来了，前年五月我送母亲回家，曾到这轮埠来过，许就是那时见过这卖花生酥的黄脸汉。至于时新货的花生酥，我在上海棋盘街商务印书馆发行所门前，时常碰到，我实在很不喜欢此类甜点。可是被他这一纠缠，我不能再静听老乡们议论军国大事了；我只好逃开，也是往船艄上一钻。

经过了那房舱时，我看见里面塞满了人，三个男的两个女的，另外一个将近三岁的小孩子。刚才探头出来张望的时装剪发女郎坐在那里吃甘蔗。另一位女郎（看后影也是很时髦的），则在船窗口买进了大批的水浸去皮的荸荠来。那浸莘莘的水就是从河里汲的,太阳照着,微微闪着金绿色;不远的地方就有人在河滩洗衣,淘米,甚至于倾弃垃圾。

我们故乡一带的河道,负的任务可真不少呀!它是交通的脉络,它又是人民饮水之库,它又兼任了垃圾桶的美差!

当下我爬上后艄,立刻又被另一批小贩所包围了。我应付不开,便取了不理的态度,一面在口袋里掏出卷烟来。哪知道当即有人划着火柴送到我眼前。我一怔,就站起来了;还没有看清是什么人送火来,却已经听得那人带笑说:

"客人,请坐罢! —— 便的,便的!交易几包瓜子大王罢?船里消消闲!"

我这才明白又是一位小贩。我忍不住微笑了,但心里却是一阵酸。艰难的生活斗争把他们磨炼成这种习惯了!虽然我素来不喜欢咬瓜子"消闲",此时却觉得不交易几包似乎太对不起人了。我便买了几包所谓"瓜子大王",塞在衣袋里,转身去找船上的茶房攀谈:

"客人已经塞满了,还等什么呢?"

"等邮政包封呀!"

是异常不客气的回答。

我又微笑了。我以为船上茶房之类大概是不大会客气的。但是我这决定立即被推翻。又来了一个中年灰气色脸的男子,那位不客气的茶房立即就变成异常"君子之风"——简直可以说是过分的巴结。他撩起身上的"作裙",在一张凳上抹了又抹，陪笑地请那位灰气色脸的男子坐下，又赶快找出话来报告道：

"四先生，你看！前面两只装米的杭州船被兵营里扣住了，装了子弹！四先生，你看船脚多少重呀！"

灰气色脸的男子微微一颔首，从牙缝里哼出几个字来：

"还要打呢！造伊拉娘个东洋乌龟！"

我向河里望，果然有两条木船并肩泊着，船里有一些木箱子，有两三个丘八坐在箱子上吸烟。我想：沿铁路有些玩意儿的"战壕"，离铁路沿线乡下有兵，而这里又扣船运弹药，这一切，在嘉湖一带的小商人看来，当然是很浓厚的战时空气了。然而他们又有一个古怪的思想：一星期内尚不至于开火，因为国联调查团在上海。这一个不知何所见而云然的理解，立即又由那所谓四先生者表示出来：

"喂，阿虎，今天上来时看见斗门有兵么？造伊拉格娘，外国调查员一走开，就要开火呢！火车勿通，轮船行不得，造伊拉格娘，东洋乌龟勿入调！"

我忍不住又微笑了。他们把"东洋人"和大中华民国看成两条咬打的狗似的，有棒子（国联调查团）隔在中间时，是不会打起来的，只要棒子一抽开，立刻就会再打。而国联调查团也就被他们这么封建式地理解作三家村的和事老阿爹。他们的见解是这样：和事老阿爹永远不能真正制止纷争，但永远要夹在两造中间做和事老，让打得疲倦了的两造都得机会透回一口气来。

小贩们的兜卖不绝地向我下总攻击。好像他们预先有过密约,专找我一人来"倾销"。并且他们又一致称我为"老主顾"。可是我实在并没"异相"可以引起他们的注意,而且自从上船以来除买了瓜子而外,也没撒手花过半个钱。而何以我成了他们"理想中"的买主呢?后来我想得了一个比较妥当的解释:因为其余的旅客大都常乘这班船,小贩们已经认得,已经稔知他们不肯买时就硬是不买;而我呢,则是生客,又且像是一个少爷——所谓吃惯用惯,因而就认为是有缝可钻的蛋,拼命地来向我挜卖了。而也因为是生客,所以虽得小贩们的热烈包围,却不能得到船上茶房的较为客气的接待。

不用说,在等候船开的一个半钟头内,我这位生客很叫那些拥上前来又拥向后去的小贩们失望了;和不客气的船上茶房却成立了一笔生意,我泡了一壶茶。

一点半又过二十分,拖带我们这"无锡快"的柴油引擎小轮方才装足了燃料,发出了第一次的马达声,和第一声的汽笛。

我松了一口气。为的终于要开船,而且为的小贩们都纷纷上岸了。

拖了我们那"无锡快"的柴油引擎小轮船气喘喘地发怒似的全身震动着,从各式各样的大小船只的乱阵中钻过,约莫有半小时之久，方始绕到北门。在这里，又有"片刻"的停泊，又拥来了最后一批的搭客。实在我们那"无锡快"早已"满座"，并且超过了船里所挂的煌煌"船照"上规定的乘客人数了；但最后下来的十多人也居然如数收纳，似乎人们所占的面积是弹性的，愈压紧就愈缩小。而"船照"上所规定的限制人数三十位却是弹性最大限度的标准罢了。我这理论，立刻又被证实。因为一注"意外的收入"又光降我们这条"无锡快"了。有一条"差船"和十来个武装同志要求拖在我们后面。他们要到陶家泾，正是我们那轮船所必经的"码头"。那"差船"是乡下人用的"赤膊船"，光景是征发来的；船里仿佛就只有十来个兵。

我不能不说这些武装同志委实是十二分客气。因为他们仅仅要求"附拖"，并没把施之于乡下"赤膊船"的手段加在我们那轮船上。虽然这一来附拖，轮船局里将多费了毫无代价的几加仑柴油，然而随轮的账房先生也知道"爱国"，毫没难色地就允许了。实在也是不由他不答应，因为"差船"早已靠上来，十几个武装同志早已跳在柴油小轮和"无锡快"上，沿着船舷，像觅食的蚂蚁似的不断地来来往往。

"那边好！那边好！"

他们叫唤着，招呼着。立即有五六位跳到船头上，把身子一矬，就打算往舱里钻。舱里实在挤得太满了，探头在舱门口的两三位也显得踌躇了。于是他们将就在船头上蹲着。

他们都是徒手，湖南口音。

这时候，另外有五六位实行了"包抄"的战略，从船艄侵入到舱里来了。他们在那狭得只容人侧身而过的孔道中（实在就是人缝中）拥来拥去，嘈嘈杂杂叫喊些不知什么。

忽然船窗外的舷板上有一个人气急地高声吆喝：

"出来！出来！里边不准去，不准去！"

一面这么说，一面这个就也跑到船头上了。这是一位挂武装带的官长（我猜他是一个排长），灰布的军衣和马裤，却没有绑腿，腰间是一支盒子炮，并没那木盒，很随便地倒插在武装带里，另用一根南货店里扎货包的细麻绳一端拴住了那盒子炮口的准头，又一端就吊在斜皮带近肩头的孔内。所以虽则是一支盒子炮，却不是取了"佩"的方式，而是像长枪那样"背"起来了。这位官长到了船头上，就用手里的一根细竹梢敲着自己的皮鞋，带几分口吃的样子对他的弟兄们说：

"里边不准，不准去！这里，这里，也不能蹲！老百姓要做生意！"

他接连说了几遍，弟兄们方才懒洋洋地起来，分做两支，又沿着船舷，橐橐地往后艄那方面跑，因为他们那"差船"就泊在"无锡快"的后面。那官长探头向舱里一望，刚好看见先已在舱中的五六位像痴人似的在那里乱钻乱拱，于是他也钻进舱来，在人堆里扬起他的细竹梢，满口嚷着湖南白,也要赶那五六位出去。好容易把这五六位赶到船头上,又也沿着船舷,橐橐地往后艄跑,这位官长已经累得满脸汗珠了。他自己倒并不想坐这"无锡快",他重复跑到船头上,也沿着船舷往后走,不料刚才被他从舱里赶出来的五六位又早盘踞在船舷上,而最初蹲在船头的几位则已经由船舷而中舱,又蹲在船头上了。

这一个新式的捉迷藏,引得满船的旅客都哄然笑起来了。站在后艄舷板上的那位官长却笑不出来,只是把脸涨红。大概他觉得在许多老百姓前暴露了自己的没有威严是太丢脸罢?他下了决心了。他发急地用细竹梢敲着船板,对后艄上的弟兄们说:

"对你们说,这里不得蹲,不得蹲!何该?——这里是老百姓要做生意的!到'差船'上去!那边是一个空船,没得人,蹲在这里不——"

他的呼吸急促了,脸更涨得红,手里的细青竹梢不住地呼呼地挥着。

弟兄们垂着头装瞌睡,完全不理这位官长的命令。

而小轮上的老大恰又拉起回声来,是催促这些武装同志赶快安排好,船是不能再多延挨时光了。

后来幸而老百姓也来"说话",这才总算把后艄的五六位弄到了那只"差船"上,那时蹲在船头上的几位却在那里吃花生,唱"打倒列强"的老调子。那位官长也就"善刀而藏",他自己也挤到船头上蹲在那里。

陶家泾是沿途所过的第一个码头。这是极小的乡镇,总共不过十来家小铺子,但现在却连这十来家小铺子都关着门,只有兵在岸上彳亍。附拖的"差船"在这里放下,兵们都上了岸。此时方才看见"差船"里原来还有东西,是几把青菜和油豆腐,一个兵提了,笑盈盈地走到一座草房后去了。

此时已有三点钟,而横在我们前面的路程却还有三分之二强。近来内河小轮常常遭匪劫掠,天黑后行船是非常冒险的;有几位旅客因此很表示了焦灼了。他们唯一的希望是此去别无延搁,可以开足了速率走。然而不幸,在陶家泾开船后走不到两三里路,船又忽然停了。看岸上时,是一座停业中的茧厂,现在却借作兵营,沿茧厂左近的矮小平房也都驻了兵,其中有一间平房的门口站着门岗,立一杆幡形的长旗,大书陆军第某师某团某营营本部。军用电话的铃声在那间平房里急令令地响。

同船的旅客都忙乱起来了,交头接耳地纷纷询问:

"船又停了,为什么呀?难道要扣去装兵么?"

没有一个人能够给确实的回答。但船是停住了,声音最大的柴油引擎小轮船此时默然不响,简直是不打算再赶路的模样。

"机器坏了！"

有一个茶房从船头上跑来说。原来不过是机器坏！于是大家都松一口气。杂乱的议论跟着就起来了。在先那位喜欢谈谈军国大事的瘦长子老乡就很得意地在大腿上拍一下说：

"我说不是捉差，果然呀！他们白天里不调动兵队。——为啥？恐防东洋人在飞机里看见掷炸弹呀！"

于是他就屈着指头，历数某日某时东洋人的飞机曾经飞过洣院，飞过桐乡，飞过某某地方。他已经忘记只在两小时前他还同意过他那位光头同伴的"东洋人飞机不认识路"的论调。

光头的同伴努力附和着。他又称赞这兵调来得真快；前三天他"上去"时经过这里，还没看见有兵哪。但是五十多岁的绸缎店经理却在一旁摇头——谁也不能猜透他这摇头是什么意思；他的脸色依旧是那样苦闷，他不说话，只把左手的四个爪甲很长的指头在桌子边轻轻地有节奏似的敲着。过一会儿，他转脸对那个瘦长子同伴说：

"吉兄，打到里边来，连里边的市面都要吵光罗。上海北头，横直是烧光末，要打就在北头打！伊的兵队调动得快，为啥勿早点调到上海，同十九路军一淘打？总归是勿齐心，自淘伙里七支八搭！"

叫作"吉兄"的瘦长子于是也皱一下眉头，觉得无话可答，就伸一个懒腰急急地咒骂那轮船了：

"触霉头格轮船!半路上插蜡烛!今朝到埠勿过七点钟,算我的东道!"

说着,他就挤到船头上看"野眼"去了。

这时船既停下来,就没有了风,塞满了四十多人的船舱就更加闷热,空气也很恶浊。小孩子们啼哭,老太婆谈家常,又谈到某处庙里的菩萨满身是血,两眼流泪,所以"世界不太平"了。

我爬在船窗口看岸上的兵。听口音都是两湖人。态度异常"写意",毫没有磨拳擦掌准备厮杀的神气。有二十来个兵拿了铲子和土畚在那里填平他们的"营本部"门前的泥路。他们的工作就像唱昆曲的戏子似的一摇一摆,十分从容。离"营本部"右方一箭之远就是那停业中的茧厂,唯一的高楼房,也住着兵,可是既没有门岗,也没放步哨,兵们是三三两两地在茧厂前的空场上开玩笑。有几位脱下了衣服,蹲在地下捉虱子。他们不打绑腿,穿的是绿帆布的橡皮底"跑鞋"。他们都是徒手,空场上也不见他们搭的枪架。

只有四个兵全身武装,在相离"营本部"左右五六丈的泥路上来回彳亍——大概他们就是步哨。

河滩上有许多兵在那里洗衣服。他们利用了老百姓家里的春凳,把水淋淋的衣服在春凳上拍拍地打。打过后就提着衣服跳上泥岸,抖开了铺在小桑树上晒。这一带的桑树全挂满了灰色军服。

忽然在灰色中显现出鲜明的一点来了！那是在作为"营本部"那间平房的东间壁。也是同样的平房，看样子本来是杂货铺子，但现在当然只有兵。我所说的"鲜明一点"就在这间平房里飞快地一晃。我看得很明白，是一位剪了头发的女子踅到门前对我们那轮船看了一眼。虽然不是都市女子的服装，但也不像乡村女子，只看她一头短发剪得何等"入时"呀！一路来，常见竹篱茅屋畔探露出剪了头发的女子的上半身，可是无论如何我一眼就能判定她们是真正的村姑，和眼前这一闪就不见了的一位有很大的不同。我很盼望她再出来一次，但是使我失望；那平房的没有门窗的外边半间里始终只有兵们走进走出，一张破桌子旁坐着几位像是什么"值日官"之类的斜皮带者，不住地在那里吸香烟。

随军一定有几位"女同志"，想来于今是惯例了罢？

离这平房再往东些，又有七八个"乡下人"围坐在一张板桌边，他们身上各有一条白布符号，可惜相隔远了，看不清楚白布上写的是什么字。在兵们中间，他们显得十分拘束，而且垂头丧气很苦恼。后来听船上人说，这七八位就是拉来的伕子。

有位挂斜皮带的官长从东边的小桥岔道处跑了来（那边不见有散散落落彳亍的兵），到得"营本部"的平房门外，就喊了一声：

"报告！"

门开了,当门站着一个卫兵,门边泥墙上挂着三四顶军帽和一套军衣。不多一会儿,就听见电话铃响,又有高朗的说话声音。又过了一会儿,就看见先前进去的那位官长跑出来了,手里拿着一封公文,仍旧向来路走去。

时间已经过去了一小时许,我们那条柴油小轮依旧没有活动的征兆;据说那损坏的一部分机件已经修好了装上去,但是不灵,现在又拆下来重新修理。旅客们都等得不耐烦了;有几位要在第二站的洑院下船的,就说早知如此,船停时就上岸走,现在早已到家了。那位最得茶房欢迎的灰气色脸四先生死洋洋地对茶房说:

"喂,阿虎,看来要在船里吃夜饭罗,米够么?"

茶房阿虎咧开嘴巴笑,停一会儿,方才回答道:

"快哩,快哩!修修机器,蛮便当的。"

当真岸上的兵们搬出夜饭来了。两个也穿灰布军衣的人先抬出一箩饭来放在路口,接着又抬出一只大铜锅,锅身上的黑煤厚簌簌的就和绒毛相似。锅里是青菜和豆腐混合烧成的羹。抬锅的人把这青菜豆腐羹分盛在许多小号脸盆似的洋铁圆盒里,都放在泥土上。于是五六个兵一组捧一盆青菜豆腐羹,团团围住了,就蹲在泥地上吃。饭是白米饭,但混杂的沙石一定不少,因为兵们一面大口地往嘴里送,一面时时向地上吐唾沫。

我们船上的人总有一半爬在窗口看兵们吃饭。忽然那位

三十多岁的瘦长子老乡钻进舱里来,看着五十多岁的绸缎店经理说:

"当兵真苦。你看他们吃点啥东西呀!东洋兵每顿是大鱼大肉,还有好酒,娇养惯哩,故所以勿会打仗!再打罗,东洋兵必败!"

绸缎店经理苦着脸,还没回答,突然从船头上送来了卜卜卜的一阵响,柴油小轮的机器终于修好,船又动了。

以后的水程算是没有意外的阻搁。柴油小轮以每小时十八华里的速率向前走着。谜一样的未来中日之战又成为旅客们谈论的题材。我不能不说他们那谈论还只是"消闲"的性质,正和他们咬瓜子"消闲"相仿佛;但是一种焦灼和愤慨,却也常在话意中透露出来。虽然同是小商人,然而他们的意识情感又和沪杭车中我所接触的小商人很有些不同了。封建的内地乡镇的小商人的他们似乎比大都市内的小商人更为"盲目",更为"乐观",同时亦更为容易受"欺骗"。因为是更"盲目",他们不感知大地震似的剧变即在不远的将来,他们只认眼前的"不太平"是偶然;也是因为这"盲目",他们比大都市里的小商人较少些颓废的气氛,而成为"乐观"。

而这"乐观"又是迷信的,拜物教的。叫作"吉兄"的三十多岁的小商人就时常流露了这样的"乐观"。他安慰他的常常苦着脸的同伴说：

"陶家泾落来，扎了两万多兵呢！东洋兵路勿熟，包管冲勿过来。你看，到处装好军用电话，东洋兵有点动静，答答地方全晓得，东洋兵想偷营也勿会成功的。"

他很卖弄似的用手指着徐徐往后退的岸上的桑园。这里的矮桑树尚只有极小的嫩芽，矮而粗的树干上挂着深绿色的军用电话线。（后来我知道这里几条毫不打紧的军用电话线很使附近乡镇中的土财主慌张了，以为这就是划成军事区域，他们带着大箱小笼就逃难。）

五十多岁的绸缎店经理点头表示同意了。但他立即很不放心似的看着他们的同伴们提出一个问题来：

"外国调查员讲得拢喂？顶好是讲讲拢，勿要再打。"

没有回答。似乎西洋鬼子毕竟和东洋矮子有点不同，而自信是对于东洋矮子的"鬼心思"颇能灼见而大放议论的瘦长子老乡碰到关于西洋鬼子的事，也失了把握，不敢妄赞一辞了。他很无聊地举起茶来喝。

我忍不住加入了一句问话：

"再打下去怎样呢？"

大家都愕然转眼对我看，仿佛猛不防竟听得一个哑子忽然说起话来。并且他们的眼睛里又闪着怀疑的光采。我看出这些眼睛仿佛在那里互相询问：他不是什么党部里的人罢？但幸而我的口音里还带着多少成分的乡音，他们立即猜度我大概是故乡的一大批"在外头吃饭"的人们之一,所以随即放宽了心了。问过我的"贵姓"以后,他们又立即知道我是某家的人,"说起来都是相熟的"。

他们反倒先谈起我老家里的事,举出了许多我所不大记得的本家,亲戚,以及"世交"的人名来。这些,我也乐于倾听,但我到底觑机会又回到我原来的问话:

"照各位看来,是再打好呢,还是不要打?"

绸缎店经理叹了一口气,唯恐被人听了去似的低声回答:

"论理呢,一定要打。不过我们做生意人日子难过:上海开了火,钱庄就不通,账头又收不起,生意上的活路断得干干净净了;近年来捐税忒重,生意本来难做,乡下人穷,乡庄生意老早走光;现在省里又要抽国难捐,照旧捐加二成,听说就是充做打仗的军饷,你想,不曾开火,先来做生意人头上抽捐了!"

"抽捐去真和东洋人开仗,倒还呒啥,就恐怕捐是抽了,仗又勿打。"

光头的老乡赶快接口说,鼻子里哼了一声。

三十多岁的瘦长条子却所见不同。他很有把握地说:

"一定要打!伊拉勿抵桩打东洋人,调啥格兵!"

我忍不住又微笑了。我觉得这位"蒙在鼓里"的主战热者未免太可怜了。不问他们是信也罢,不信也罢,我不能不打开天窗说亮话：

"老百姓尽管一腔热血主张打，那结果是一定不再打了。老百姓要的事，恰就是当局所勿要。现在的事情就是这么着。"

"那末，陶家泾扎下两万兵，拉伕，捉船，乡下人逃光，地方上当差使，小小一个镇，要分摊到千把只洋，真是活见鬼罗！"

瘦长子表示了稀有的兴奋，一口气说出来了。我正想回答，忽然那位四十多岁的光头同乡又节外生枝地插进一句话：

"造伊拉格娘！嘉兴到苏州一路扎的兵越多，小火轮倒是三日两头抢！——新近出一桩三十万的大抢案，抢是抢了，失主还不敢报官，你想想！"

"就是伊拉自家做的呀！"

瘦长子做一个鬼脸，很轻声地接口说。我明白这是指的什么，记得俗语有所谓"虫吃虫"，正就是那件大抢案的注脚。我笑了一笑，又回到老题上：

"要抽国难捐么？兵队调动就不过告诉老百姓有国难，要抽国难捐！"

"生意是越弄越难做了！"

三位老乡同声说，脸上都是异常失望。

船上的茶房来收茶壶了。他回答一个旅客的询问：

"茶亭到哩！造伊拉,到双林要在半夜里罗。"

这时天已经黑了,我望望外边,看见不远的前面有黑簇簇的房屋和几点灯光。我一眼就认出这是故乡到了。虽然相隔已有十年之久,但眼前的故乡还是和我记忆中十年前的故乡没有什么两样。

"大概能够分别出这确是一九三二年的家乡的特点,也只是多一些剪发旗袍的女郎罢?"

我望着渐近的房屋,心里这样想。但后来我知道我这论断有一半是对的,又一半却不尽然。一九三二年的中国乡镇无论如何不可与从前等量齐观了。农村经济的加速度崩溃,一定要在"剪发旗袍的女郎"之外使这市镇涂染了新的时代的记号。

而最最表面的现象是这市镇的"繁荣"竟意外地较前时差得多了。当我们的"无锡快"终于靠了埠头,我跳上了那木"帮岸",混入了一群看热闹以及接客的"市民"中间的时候,我就直感到只从一般人的服装上看,大不如十年前那样整洁了。记得十年前是除了叫花子以外就不大看见衣衫褴褛的市民,但现在却是太多了。

街道上比前不同的,只是在我记忆中的几家大铺子都没有了——即使尚在,亦是意料外的潦倒。女郎的打扮很摹拟上海的"新装",可是在她们身上,人造丝织品已经驱逐了苏缎杭纺。农村经济破产的黑影重压着这个曾经繁荣的市镇了!

(原载1932年7月1日《现代》第1卷第3期)

第三　半个月的印象

天气骤然很暖和,简直可以穿"夹"。乡下人感谢了天公的美意,看看米甏里只剩得几粒,不够一餐粥,就赶快脱下了身上的棉衣,往当铺里送。

在我的故乡,本来有四个当铺;他们的主顾最大多数是乡下人。但现在只剩了一家当铺了。其余的三家,都因连年的营业连"官利都打不到",就乘着大前年太保阿书部下抢劫了一回的借口,相继关了门了。仅存的一家,本也"无意营业",但因那东家素来"乐善好施",加以省里的民政厅长(据说)曾经和他商量"维持农民生计",所以竟巍然独存。然而今年的情形也只等于"半关门"了。

这就是一幅速写:

早晨七点钟,街上还是冷清清的时候,那当铺前早已挤满了乡下人,等候开门。这伙人中间,有许多是天还没亮足,就守候在那里了。他们并没有什么值钱的东西。身上刚剥下来的棉衣,或者预备秋天嫁女儿的几丈土布,再不然——那是绝无仅有的了,去年直到今年卖来卖去总是太亏本因而留下来的半车丝。他们带着的这些东西,已经是他们财产的全部了,不是因为锅里等着米去煮饭,他们未必就肯送进当铺,永远不能再见面。(他们当了以后永远不能取赎,也许就是当铺营业没有利益的一个原因罢?)好容易等到九点钟光景,当铺开门营业了,这一队在饥饿线上挣扎的人们就拼命地挤轧。当铺到十二点钟就要"停当",而且即使还没到十二点钟,却已当满了一百二十块钱,那也就要"停当"的;等候当了钱去买米吃的乡下人,因此不能不拼命挤上前。

挤了上去,抖抖索索地接了钱又挤出来的人们就坐在沿街的石阶上喘气,苦着脸。是"运气好",当得了钱了;然而看着手里的钱,不知是去买什么好。米是顶要紧,然而油也没有了,盐也没有了;盐是不能少的,可是那些黑滋滋像黄沙一样的盐却得五百多钱一斤,比生活程度最高的上海还要贵些。这是"官"盐;乡村里有时也会到贩私盐的小船,那就卖一块钱五斤,还是二十四两的大秤。可是缉私营厉害,乡下人这种吃便宜盐的运气,一年内碰不到一两回的。

看了一会儿手里的钱,于是都叹气了。我听得了这样的对话在那些可怜的焦黄脸中间往来:

"四丈布罢!买棉纱就花了三块光景;当当布,只得两块钱!"

"再多些也只当得两块钱。——两块钱封关!"

"阿土的爷那半车丝,也只得了两块钱;他们还说不要。"

不要丝呵!把蚕丝看成第二生命的我们家乡的农民做梦也没有想到他们这第二生命已经进了鬼门关!他们不知道上海银钱业都对着受抵的大批陈丝陈茧皱眉头,是说"受累不堪"!他们更不知道此次上海的战争更使那些搁浅了的中国丝厂无从通融款项来开车或收买新茧!他们尤其不知道日本丝在纽约抛售,每包合关平银五百两都不到,而据说中国丝成本少算亦在一千两左右呵!

这一切,他们辛苦饲蚕,把蚕看作比儿子还宝贝的乡下人是不会知道的,他们只知道祖宗以来他们一年的生活费靠着上半年的丝茧和下半年田里的收成;他们只见镇上人穿着亮晃晃的什么"中山绨""明华葛",他们却不知道这些何尝是用他们辛苦饲养的蚕丝,反是用了外国的人造丝或者是比中国丝廉价的日本丝呀!

遍布于我的故乡四周围,仿佛五步一岗,十步一哨的那些茧厂,此刻虽然是因为借驻了兵,没有准备开秤收茧的样子,可是将要永远这样冷关着,不问乡下人卖茧子的梦是做得多么好!

但是我看见这些苦着脸坐在沿街石阶上的乡下人还空托了十足的希望在一个月后的"头蚕"。他们眼前是吃尽当完,差不多吃了早粥就没有夜饭——如果隔年还省下得二三个南瓜,也就算作一顿,是这样的挣扎,然而他们饿里梦里决不会忘记怎样转弯设法，求"中"求"保"，借这么一二十块钱来作为一个月后的"蚕本"的！他们看着那将近"收蚁"的黑霉霉的"蚕种"，看着桑园里那"桑拳"上一撮一丛绿油油的嫩叶，他们觉得这些就是大洋钱，小角子，铜板；他们会从心窝里漾上一丝笑意来。

我们家有一位常来的"丫姑老爷"——那女人从前是我的祖母身边的丫头，我想来应该尊他为"丫姑老爷"庶几合式，就是怀着此种希望的。他算是乡下人中间境况较好的了，他是一个向来小康的自耕农，有六七亩稻田和靠二十担的"叶"。他的祖父手里，据说还要"好"；账簿有一叠。他本人又是非常勤俭，不喝酒，不吸烟，连小茶馆也不上。他使用他的田地不让那田地有半个月的空闲。我们家那"丫小姐"，也委实精明能干，粗细都来得。凭这么一对儿，照理该可以兴家立业的了；然而不然，近年来也拖了债了。可不算多，大大小小白十来块罢？他希望在今年的"头蚕"里可以还清这百十来块的债。他向我的婶娘"掇转"二三十元，预备趁这时桑叶还不贵，添买几担叶。（我们那里称这样的"期货叶"为"赊叶"，不过我不大明白是否这个"赊"字。）我觉得他这"希望"是筑在沙滩上的，我劝他还不如待价而沽他自己的二十来担叶，不要自己养蚕。我把养蚕的"危险"的原因都说给他听了，可是他沉默了半晌后，摇着头说道：

"少爷！不养蚕也没有法子想。卖叶呵，二十担叶有四十块卖算是顶好了。一担茧子的'叶本'总要二十担叶，可是去年茧子价钱卖到五十块一担。只要蚕好！到新米收起来，还有半年；我们乡下人去年的米能够吃到立夏边，算是难得的了，不养蚕，下半年吃什么？"

"可是今年茧子价钱不会像去年那样好了！"

我用了确定的语气告诉他。

于是这个老实人不作声了，用他的细眼睛看看我的面孔，又看看地下。

"你是自己的田，去年这里四乡收成也还好，怎么你就只够吃到立夏边呢？而且你又新背了几十块钱债？"

我转换了谈话的题目了。可是我这话刚出口，这老实人的脸色就更加难看——我猜想他几乎要哭出来。他叹了口气说：

"有是应该还有几担，我早已当了。镇里东西样样都贵了，乡下人田地里种出来的东西却贵不起来，完粮呢，去年又比前年贵——一年一年加上去。零零碎碎又有许多捐，我是记不清了。我们是拼命省，去年阿大的娘生了个把月病，拼着没有看郎中吃药——这么着，总算不过欠了几十洋钿新债。今年蚕再不好，那就——"

他顿住了，在养蚕这一项上，乡下人的迷信特别厉害，凡是和蚕有关系的不吉利字面，甚至同音字，他们都忌讳出口的。

我们的谈话就此断了。我给这位"丫姑老爷"算一算，觉得他的自耕农地位未必能够再保持两三年。可是他在村坊里算是最"过得去"的。人家都用了羡妒的眼光望着他：第一，因为他不过欠下百十来块钱债；第二，他的债都是向镇上熟人那里"掇转"来，所以并没花利息。在这一点上，不能不说这位聪明的"丫姑老爷"深懂得"理财"方法，便做一个财政总长好像也干得下：他仗着镇上有几个还能够过得去的熟人，就总是这里那里十元二十元地"掇"，他的期限不长，至多三个月，"掇"了甲的钱去还乙，又"掇"了丙的钱去还甲，这样用了"十个缸九个盖"的方法，他不会到期拖欠，他就能够"掇"而不走付利息的"借"那一条路了；可是他的开支却不能不一天一天大，他的进项却没法增加，所以他的债终于也是一年多似一年。他是在慢性地走上破产！也就是聪明的勤俭的小康的自耕农的无可避免的命运了！

后来我听说他的蚕也不好，又加以茧价太贱，他只好自己缫丝了，但是把丝去卖，那就简直没有人要；他拿到当铺里，也不要，结果他算是拿丝进去换出了去年当在那里的米，他赔了利息，可是这掉换的标准是一车丝换出六斗米，照市价还不到六块钱！

东南富饶之区的乡下人生命线的蚕丝，现在是整个儿断了！

然而乡下人间接的负担又在那里一项一项地新加出来。上海虽然已经"停战"，可是为的要"长期抵抗"，向一般小商人征收的"国难捐"就来了。照告示上看，这"国难捐"是各项捐税照加二成，六个月为期。有一个小商人谈起这件事，就哭丧着脸说：

"市面已经冷落得很。小小镇头，旧年年底就倒闭了二十多家铺子。现在又加上这国难捐，我们只好不做生意。"

"国难！要是上海还在那里打仗，这捐也还有个名目！"

又一个人说：我认识这个人，是杂货店的老板。他这铺子，据我所知，至少也有三十年的历史；可是三十年来从他的父亲到他手里，这铺子始终是不死不活，若有若无。现在他本人是老板，他的老婆和母亲就是店员——不，应该说他之所以名为老板，无非因为他是一家中唯一的男子，他并不招呼店里的事情，而且实在亦无须他招呼；他每天的生活就是到处跑，把镇上的"新闻"或是轮船埠上客人从外埠带来的新闻，或是长途电话局里所得的外埠新闻，广播台似的告诉他所有的相识者——他是镇上义务的活动"两脚新闻报"。此外，他还要替几个朋友人家帮衬婚丧素事，甚至于日常家务。他就是这么一位身子空、心肠热的年青人。每天他的表情最严肃的时候，是靠在别家铺子的柜台上借看那隔天的上海报纸。

当时我听了他那句话，我就想到他这匆忙而特别的生活与脾气，我忍不住心里这么想：要是他放在上海，又碰着适当的环境，那他怕不是鼎鼎大名交际博士黄警顽①第二！

"能够只收六个月，也就罢了；凶在六个月期满后一定还要延期！"

原先说话的那位小商人表示让步似的又加了一句。我就问道：

"可是告示上明明说只收六个月？"

"不错，六个月！期限满了以后，我们商会就捏住这句话可以不付。可是他们也有新法子；再来一个新名目——譬如说'省难捐'罢，反正我们的'难'天天有，再多收六个月的二成！捐加了上去，总不会减的，一向如此！"

那小商人又愤愤地说。他是已经过了中年还算过得去的商人，六个月的附捐二成，在他还可以忍痛应付，他的愤愤和悲痛是这附捐将要永远附加。我们那位"两脚新闻报"却始终在那里哗然争论这"国难捐"没有名目。他对我说：

"你说是不是：已经不打东洋人了，还要来抽捐，那不是太岂有此理？"

---

① 黄警顽，上海市人，上海商务印书馆发行所职员。

"还要打呢!刚才县里来了电话,有一师兵要开来,叫商会里预备三件事:住的地方,困的稻草,吃的东西!"

忽然跑来了一个人插进来说。于是"国难捐"的问题就无形搁置,大家都纷纷议论这一师兵开来干什么。难道要守这镇么?不像!镇虽然是五六万人口的大镇,可是既没有工业,也不是商业要区,更不是军事上形胜之地,日本兵如果要来究竟为的什么?有人猜那一师兵从江西调来,经过湖州,要开到"前线"去,而这里不过是"过路"罢了。这是最"合理"的解释,汹汹然的人心就平静了几分。

然而军队是一两天内就会到的;三件事——住的地方,困的稻草,吃的东西,必须立刻想法。是一师兵呢,不是玩的。住,还有办法,四乡茧厂和寺庙,都可以借一借;困的稻草,有点勉强了;就是"吃"没有办法。供应一万多人的伙食,就算一天罢,也得几千块钱呀!自从甲子年①以来,镇上商会办这供应过路军队酒饭的差使,少说也有十次了;没一次不是说"相烦垫借",然而没一次不是吃过了揩揩嘴巴就开拔,没有方法去讨。向来"过路"的军队,少者一连人,至多不过一团,一两天的酒饭,商店公摊,照例四家当铺三家钱庄是每家一百,其余十元二十元乃至一元两元不等,这样就应付过去了。但现在当铺只剩一个,钱庄也少了

---

① 甲子年,指1924年。1924年9月,曾发生齐卢战争(或称江浙战争)。

一家（新近倒闭了一家），出钱的主儿是少了，兵却多，可怎么办呢？听说商会讨论到半夜，结果是议定垫付后在"国难捐"项下照扣。他们这一次不肯再额外报效了！

到第二天正午，"两脚新闻报"跑来对我说道：

"气死人呢！总当作是开出去帮助十九路军打东洋人，哪里知道反是前线开下来的。前线兵多，东洋人有闲话，停战会议要弄僵，所以都退到内地来了。这不是笑话？"

听说不是开出去打东洋人，我并不觉得诧异；我所十分惊佩的是镇上的小商人办差的手腕居然非常敏捷，譬如那足够万把人困觉的稻草在一夜之间就办好了。到他们没有了这种咄嗟立办的能力时，光景镇上的老百姓也已流徙过半罢？——我这么想。

又过了一个下午又一夜，县里的电话又来：说是那一师人临时转调海宁，不到我们镇上来了。于是大家都松一口气：不来顶好！

却是因为有了这一番事，商会里对于"国难捐"提出了一个小小的交换条件——不是向县里或省里提出，而是向本镇的区长和公安局长。这条件是：年年照例有的"香市"如果禁止，商界就不缴"国难捐"。

"香市"就是阴历三月初一起，十五日为止的土地庙的"庙会"式的临时市场。乡下人都来烧香，祈神赐福——蚕好，趁便逛一下。在这"香市"中，有各式卖耍货的摊子，各式打拳头变戏法傀儡戏髦儿戏等等；乡下人在此把口袋里的钱花光，就回去准备那辛苦的蚕事了。年年当这"香市"半个月工夫，镇上铺子里的生意也带联热闹。今年为的地方上不太平，所以早就出示禁止，现在商会里却借"国难捐"的题目要求取消禁令，这意思就是：给我们赚几文，我们才能够付捐。换一句话说：我们可生不出钱来，除非在乡下人身上想法。而用"香市"来引诱乡下人多花几文，当然是文明不过的办法。

　　"香市"举行了，但镇上的商人们还是失望。在饥饿线上挣扎的乡下人再没有闲钱来逛"香市"，他们连日用必需品都只好拼着不用了。

　　我想：要是今年秋收不好，那么，这镇上的小商人将怎么办哪？他们是时代转变中的不幸者，但他们又是彻头彻尾的封建制度拥护者；虽然他们身受军阀的剥削，钱庄老板的压迫，可是他们唯一的希望就是把身受的剥削都如数转嫁到农民身上。农民是他们的衣食父母。他们盼望农民有钱就像他们盼望自己一样。然而时代的轮子以不可阻挡的力量向前转，乡镇小商人的破产是不能以年计，只能以月计了！
　　我觉得他们比之农民更其没有出路。

（原载1932年8月1日《现代》第1卷第4期）

冬 天

　　诗人们对于四季的感想大概颇不同罢。一般地说来，则为"游春""消夏""悲秋"——冬呢，我可想不出适当的字眼来了，总之，诗人们对于"冬"好像不大怀好感，于"秋"则已"悲"了，更何况"秋"后的"冬"！

　　所以诗人在冬夜，只合围炉话旧，这就有点近于"蛰伏"了。幸而冬天有雪，给诗人们添了诗料。甚而至于踏雪寻梅，此时的诗人俨然又是活动家。不过梅花开放的时候，其实"冬"已过完，早又是"春"了。

　　我不是诗人，对于一年四季无所偏憎。但寒暑数十易而后，我也渐渐辨出了四季的味道。我就觉得冬天的味儿好像特别耐咀嚼。

　　因为冬天曾经在三个不同的时期给我三种不同的印象。

十一二岁的时候,我觉得冬天是又好又不好。大人们定要我穿了许多衣服,弄得我动作迟笨,这是我不满意冬天的地方。然而野外的茅草都已枯黄,正好"放野火",我又得感谢"冬"了。

在都市里生长的孩子是可怜的,他们只看见灰色的马路,从没见过整片的一望无际的大草地,他们即使到公园里看见了比较广大的草地,然而那是细曲得像狗毛一样的草皮,枯黄了时更加难看,不用说,他们万万想不到这是可以放起火来烧的。在乡下,可不同了。照例到了冬天,野外全是灰黄色的枯草,又高又密,脚踏下去簌簌地响,有时没到你的腿弯上。是这样的草——大草地,就可以放火烧。我们都脱了长衣,划一根火柴,那满地的枯草就毕剥毕剥烧起来了。狂风着地卷去,那些草就像发狂似的腾腾地叫着,夹着白烟一片红火焰就像一个大舌头似的会一下子把大片的枯草舐光。有时我们站在上风头,那就跟着火头跑;有时故意站在下风,看着烈焰像潮水样涌过来,涌过来,于是我们大声笑着嚷着在火焰中间跳,一转眼,那火焰的波浪已经上前去了,于是我们就又追上送它。这些草地中,往往有浮厝的棺木或者骨殖甏,火势逼近了那棺木时,我们的最紧张的时刻就来了。我们就来一个"包抄",扑到火线里一阵滚,收熄了我们放的火。这时候我们便感到了克服敌人那样的快乐。

二十以后成了"都市人",这"放野火"的趣味不能再有了，然而穿衣服的多少也不再受人干涉了，这时我对于冬，理应无憎亦无爱了罢，可是冬天却开始给我一点好印象。二十几岁的我是只要睡眠四个钟头就够了的，我照例五点钟一定醒了；这时候被窝里暖烘烘的，人是神清气爽的，而又大家都在黑甜乡，静得很，没有声音来打扰我，这时候，躲在那里让思想像野马一般飞跑，爱到哪里就到哪里，想够了时，顶天亮起身，我仿佛已经背着人，不声不响自由自在做完了一件事，也感得一种愉快。那时候，我把"冬"和春夏秋比较起来，觉得"冬"是不干涉人的，她不像春天那样逼人困倦，也不像夏天那样使得我上床的时候弄堂里还有人高唱《孟姜女》，而在我起身以前却又是满弄堂的洗马桶的声音，直没有片刻的安静。而也不同于秋天。秋天是苍蝇蚊虫的世界，而也是疟病光顾我的季节呵！

然而对于"冬"有恶感，则始于最近。拥着热被窝让思想跑野马那样的事，已经不高兴再做了，而又没有草地给我去"放野火"。何况近年来的冬天似乎一年比一年冷，我不得不自愿多穿点衣服，并且把窗门关紧。

不过我也理智地较为认识了"冬"。我知道"冬"毕竟是"冬"，摧残了许多嫩芽，在地面上造成恐怖；我又知道"冬"只不过是"冬"，北风和霜雪虽然凶猛，终不能永远的不过去。相反的，冬天的寒冷愈甚，就是"冬"的运命快要告终，"春"已在叩门。

"春"要来到的时候,一定先有"冬"。冷罢,更加冷罢,你这吓人的冬!

(原载1934年1月15日《申报月刊》第3卷第1期)

我曾经穿过怎样的紧鞋子

我在小学校的时候,最喜欢绘画。教我们绘画的先生是一位六十多岁的国画家。他的专门本领是画"尊容",我的曾祖的《行乐图》就是他画的,大家都说像得很。他教我们临摹《芥子园画谱》,于是我们都买了一部石印的《芥子园画谱》。他说:"临完了一部《芥子园画谱》,不论是梅兰竹菊,山水,翎鸟,全有了门径。"

他从不自己动手画,他只批改我们的画稿;他认为不对的地方,就赏一红杠,大书"再临一次"。

后来进了中学校,那里的图画教师也是国画家,年纪也有点老了。不过他并不是"尊容专家"。他的教授法就不同了。他上课的时候在黑板上先画了一幅,一面画,一面叫我们跟着临摹;他说:"画画儿最要紧的诀窍是用笔的先后,所以我要当场一笔一笔现画，要你们跟着一笔一笔现临；记好我落笔的先后哪！"有时他特别"卖力"，画好了那幅"示范"的画儿以后，还拣那中间的困难点出来，在黑板的一角另画一幅"放大"，好比影片中的"特写"。

这位先生真是又和气又热心，我到现在还想念他。不用说，他从前大概也曾在《芥子园画谱》之类用过苦功，但他居然不把《芥子园画谱》原封不动掷给我们，却换着花样来教我们，在那时候已经十分难得了。

然而那时候我对于绘画的热心比起小学校时代来，却差得多了。原因大概很多，而最大的原因是忙于看小说。课余的时间全部消费在旧小说上头，绘画不过在上课的时候应个景儿罢了。

国文教师称赞我的文思开展，但又不满意地说："有点小说调子，应该力戒！"这位国文教师是"孝廉公"，又是我的"父执"，他对于我好像很关切似的，他知道我的看小说是家里大人允许的，他就对我说："你的老人家这个主张，我就不以为然。看看小说，原也使得，小说中也有好文章，不过总得等到你的文章立定了格局，然后再看小说，就没有流弊了。"过一会儿，他又摸着下巴说："多读读《庄子》和韩文罢！"

我那时自然很尊重这位老师的意见，但是小学校时代专临《芥子园画谱》那样的滋味又回来了。从前临《芥子园画谱》的时候，开头个把月倒还兴味不差——先生只叫我临摹某一幅，而我却把那画谱从头到底看了一遍，"欣然若有所得"；后来一部画谱看厌了，先生还是指定了那几幅叫我"再临一次"。又一次，我就感到异常乏味了。而这位老画师的用意却也和那位"孝廉公"的国文教师一样：要我先立定了格局！《庄子》之类，自然远不及小说来得有趣，但假使当时有人指定了某小说要我读，而且一定要读到我"立定了格局"，我想我对于小说也要厌恶了罢？再者，多看了小说，就不知不觉间会沾上"小说调子"，但假使指定了要我去临摹某一部小说的"调子"，恐怕看小说也将成为苦事了罢？

不过从前的老先生就要人穿这样的"紧鞋子"。幸而不久就来了辛亥革命，老先生们喟然于"世变"之巨，也就一切都"看穿"些，于是我也不再逢到好意的指导叫我穿那种"紧鞋子"了。说起来，这也未始不是"革命"之赐。

（原收1934年7月生活书店版《我与文学》）

雷雨前

清早起来,就走到那座小石桥上。摸一摸桥石,竟像还带点热。昨天整天里没有一丝儿风。晚快边响了一阵子干雷,也没有风,这一夜就闷得比白天还厉害。天快亮的时候,这桥上还有两三个人躺着,也许就是他们把这些石头又困得热烘烘。

满天里张着个灰色的幔。看不见太阳。然而太阳的威力好像透过了那灰色的幔,直逼着你头顶。

河里连一滴水也没有了,河中心的泥土也裂成乌龟壳似的。田里呢,早就像开了无数的小沟——有两尺多阔的,你能说不像沟么?那些苍白色的泥土,干硬得就跟水门汀差不多。好像它们过了一夜工夫还不曾把白天吸下去的热气吐完,这时它们那些扁长的嘴巴里似乎有白烟一样的东西往上冒。

　　站在桥上的人就同浑身的毛孔全都闭住，心口泛淘淘，像要呕出什么来。

　　这一天上午，天空老张着那灰色的幔，没有一点点漏洞，也没有动一动。也许幔外边有的是风，但我们罩在这幔里的，把鸡毛从桥头抛下去，也没见它飘飘扬扬踱方步。就跟住在抽出了空气的大筒里似的，人张开两臂用力行一次深呼吸，可是吸进来只是热辣辣的一股闷气。

　　汗呢，只管钻出来，钻出来，可是胶水一样，胶得你浑身不爽快，像结了一层壳。

　　午后三点钟光景，人像快要干死的鱼，张开了一张嘴，忽然天空那灰色的幔裂了一条缝！不折不扣一条缝！像明晃晃的刀口在这幔上划过。然而划过了，幔又合拢，跟没有划过的时候一样，透不进一丝儿风。一会儿，长空一闪，又是那灰色的幔裂了一次缝。然而中什么用？

　　像有一只巨人的手拿着明晃晃的大刀在外边想挑破那灰色的幔，像是这巨人已在咆哮发怒越来越紧了，一闪一闪满天空瞥过那大刀的光亮，隆隆隆，幔外边来了巨大的愤怒的吼声！

　　猛可地闪光和吼声都没有了，还是一张密不通风的灰色的幔！

空气比以前加倍闷！那幔比以前加倍厚！天加倍黑！

你会猜想这时那幔外边的巨人在揩着汗，歇一口气；你断得定他还要进攻。你焦躁地等着，等着那挑破灰色幔的大刀的一闪电光，那隆隆的怒吼声。

可是你等着，等着，却等来了苍蝇。它们从龌龊的地方飞出来，嗡嗡嗡的，绕住你，叮你的涂一层胶似的皮肤。戴红顶子像个大员模样的金苍蝇刚从粪坑里吃饱了来，专拣你的鼻子尖上蹲。

也等来了蚊子。哼哼哼的，像老和尚念经，或者老秀才读古文。苍蝇给你传染病，蚊子却老是要喝你的血呢！

你跳起来拿着蒲扇乱扑，可是赶走了这一边的，那一边又是一大群乘隙进攻。你大声叫喊，它们只回答你个哼哼哼，嗡嗡嗡！

外边树梢头的蝉儿却在那里唱高调："要死哟！要死哟！"

你汗也流尽了，嘴里干得像烧，你手里也软了，你会觉得世界末日也不会比这再坏！

然而猛可地电光一闪，照得屋角里都雪亮。幔外边的巨人一下子把那灰色的幔扯得粉碎了！轰隆隆，轰隆隆，他胜利地叫着。胡——胡——挡在幔外边整整两天的风开足了超高速度扑来了！蝉儿噤声，苍蝇逃走，蚊子躲起来，人身上像剥落了一层壳那么一爽。

霍！霍！霍！巨人的刀光在长空飞舞。

轰隆隆，轰隆隆，再急些！再响些吧！

让大雷雨冲洗出个干净清凉的世界！

（原载1934年9月20日《漫画生活》第1号）

谈月亮

不知道什么原因,我跟月亮的感情很不好。我也在月亮底下走过,我只觉得那月亮的冷森森的白光,反而把凹凸不平的地面幻化为一片模糊虚伪的光滑,引人去上当;我只觉得那月亮的好像温情似的淡光,反而把黑暗潜藏着的一切丑相幻化为神秘的美,叫人忘记了提防。

月亮是一个大骗子,我这样想。

我也曾对着弯弯的新月仔细看望。我从没觉得这残缺的一钩儿有什么美;我也照着"诗人"们的说法,把这弯弯的月牙儿比作美人的眉毛,可是愈比愈不像,我倒看出来,这一钩的冷光正好像是一把磨得锋快的杀人的钢刀。

我又常常望着一轮满月。我见过她装腔作势地往浮云中间躲,我也见过她像一个白痴人的脸孔,只管冷冷地呆木地朝着我瞧；什么"广寒宫"，什么"嫦娥"——这一类缥缈的神话，我永远联想不起来，可只觉得她是一个死了的东西，然而她偏不肯安分，她偏要"借光"来欺骗漫漫长夜中的人们，使他们沉醉于空虚的满足，神秘的幻想。

月亮是温情主义的假光明！我这么想。

呵呵，我记起来了，曾经有过这么一回事，使得我第一次不信任这月亮。那时我不过六七岁，那时我对于月亮无爱亦无憎。有一次月夜，我同邻舍的老头子在街上玩。先是我们走，看月亮也跟着走；随后我们就各人说出他所见的月亮有多么大。"像饭碗口"，是我说的。然而邻家老头子却说"不对"，他看来是有洗脸盆那样子。

"不会差得那么多的！"我不相信，定住了眼睛看，愈看愈觉得至多不过是"饭碗口"。

"你比我矮，自然看去小了呢。"老头子笑嘻嘻说。

于是我立刻去搬一个凳子来，站上去，一比，跟老头子差不多高了，然而我头顶的月亮还只有"饭碗口"的大小。我要求老头子抱我起来，我骑在他的肩头，我比他高了，再看看月亮，还是原来那样的"饭碗口"。

"你骗人哪！"我作势要揪老头儿的小辫子。

"嗯嗯，那是——你爬高了不中用的。年纪大一岁，月亮也大一些，你活到我的年纪，包你看去有洗脸盆那样大。"老头子还是笑嘻嘻。

我觉得失败了，跑回家去问我的祖父。仰起头来望着月亮，我的祖父摸着胡子笑着说："哦哦，就跟我的脸盆差不多。"在我家里，祖父的洗脸盆是顶大的。于是我相信我自己是完全失败了。在许多事情上都被家里人用一句"你还小哩！"来剥夺了权利的我，于是就感到月亮也那么"欺小"，真正岂有此理。月亮在那时就跟我有了仇。

呵呵，我又记起来了，曾经看见过这么一件事，使得我知道月亮虽则未必"欺小"，却很能使人变得脆弱了似的，这件事，离开我同邻舍老头子比月亮大小的时候也总有十多年了。那时我跟月亮又回到了无恩无仇的光景。那时也正是中秋快近，忽然有从"狭的笼"①里逃出来的一对儿，到了我的寓处。大家都是卯角之交，我得尽东道之谊。而且我还得居间办理"善后"。我依着他们俩铁硬的口气，用我自己出名，写了信给双方的父母——我的世交前辈，表示了这件事恐怕已经不能够照"老辈"的意思挽回。信发出的下一天就是所谓"中秋"，早起还落雨，偏偏晚上是好月亮，一片云也没有。我们正谈着"善后"事情，忽然发现了那个"她"不在我们一块儿。自然是最关心"她"的那个"他"

---

① "狭的笼"，原为俄国盲诗人爱罗先珂所作童话的篇名，这里借指封建家庭的樊笼。

先上楼去看去。等过好半晌，两个都不下来，我也只好上楼看一看到底为了什么。一看可把我弄糊涂了！男的躺在床上叹气，女的坐在窗前，仰起了脸，一边望着天空，一边抹眼泪。

"哎，怎么了？两口儿斗气？说给我来评评。"我不会想到另有别的问题。

"不是呀！——"男的回答，却又不说下去。

我于是走到女的面前，看定了她——凭着我们小时也是捉迷藏的伙伴，我这样面对面朝她看是不算莽撞的。

"我想——昨天那封信太激烈了一点。"女的开口了，依旧望着那冷清清的月亮，眼角还噙着泪珠。"还是，我想，还是我回家去当面跟爸爸妈妈办交涉——慢慢儿解决，将来他跟我爸爸妈妈也有见面之余地。"

我耳朵里轰地响了一声。我不知道什么东西使得这个昨天还是嘴巴铁硬的女人现在忽又变计。但是男的此时从床上说过一句来道：

"她已经写信告诉家里，说明天就回去呢！"

这可把我骇了一跳。糟糕！我昨天全权代表似的写出两封信，今天却就取消了我的资格；那不是应着家乡人们一句话：什么都是我好管闲事闹出来的。那时我的脸色一定难看得很，女的也一定看到我心里，她很抱歉似的亲热地叫道："×哥，我会对他们说，昨天那封信是我的意思叫你那样写的!"

"那个,只好随它去;反正我的多事是早已出名的。"我苦笑着说,盯住了女的面孔。月亮光照在她脸上,这脸现在有几分"放心了"的神气;忽然她低了头,手捂住了脸,就像闷在瓮里似的声音说:"我撇不下妈妈。今天是中秋,往常在家里妈给我……"

我不愿意再听下去。我全都明白了,是这月亮,水样的猫一样的月光勾起了这位女人的想家的心,把她变得脆弱些。

从那一次以后,我仿佛懂得一点关于月亮的"哲理"。我觉得我们向来有的一些关于月亮的文学好像几乎全是幽怨的,恬退隐逸的,或者缥缈游仙的。跟月亮特别有感情的,好像就是高山里的隐士,深闺里的怨妇,求仙的道士。他们借月亮发了牢骚,又从月亮得到了自欺的安慰,又从月亮想象出"广寒宫"的缥缈神秘。读几句书的人,平时不知不觉间熏染了这种月亮的"教育",临到紧要关头,就会发生影响。

原始人也曾在月亮身上做"文章"——就是关于月亮的神话。然而原始人的月亮文学只限于月亮本身的变动;月何以东升西没,何以有缺有圆有蚀,原始人都给了非科学的解释。至多亦不过想象月亮是太阳的老婆,或者是姊妹,或者是人间的"英雄"逃上天去罢了。而且他们从不把月亮看成幽怨闲适缥缈的对象。不，现代澳洲的土人反而从月亮的圆缺创造了奋斗的故事。这跟我们以前的文人在月亮有圆缺上头悟出恬淡知足的处世哲学相比起来，差得多么远呀！

把月亮的"哲理"发挥得淋漓尽致的，也许只有我们中国罢？不但骚人雅士美女见了月亮，便会感发出许多的幽思离愁，扭捏缠绵到不成话；便是喑呜叱咤的马上英雄也被写成了在月亮的魔光下只有悲凉，只有感伤。这一种"完备"的月亮"教育"会使"狭的笼"里逃出来的人也触景生情地想到再回去，并且我很怀疑那个邻舍老头子所谓"年纪大一岁，月亮也大一些"的说头未必竟是他的信口开河，而也许有什么深厚的月亮的"哲理"根据罢！

从那一次以后，我渐渐觉得月亮可怕。

我每每想：也许我们中国古来文人发挥的月亮"文化"，并不是全然主观的；月亮确是那么一个会迷人会麻醉人的家伙。

星夜使你恐怖，但也激发了你的勇气。只有月夜，说是没有光明么？明明有的。然而这冷凄凄的光既不能使五谷生长，甚至不能晒干衣裳；然而这光够使你看见五个指头却不够辨别稍远一点的地面的坎坷。你朝远处看，你只见白茫茫的一片，消弭了一切轮廓。你变作"短视"了。你的心上会遮起了一层神秘的迷迷糊糊的苟安的雾。

人在暴风雨中也许要战栗，但人的精神，不会松懈，只有紧张；人撑着破伞，或者破伞也没有，那就挺起胸膛，大踏步，咬紧了牙关，冲那风雨的阵，人在这里，磨炼他的奋斗力量。然而清淡的月光像一杯安神的药，一粒微甜的糖，你在她的魔术下，脚步会自然而然放松了，你嘴角上会闪出似笑非笑的影子，你说不定会向青草地下一躺，眯着眼睛望天空，乱麻麻地不知想到哪里去了。

自然界现象对于人的情绪有种种不同的感应，我以为月亮引起的感应多半是消极。而把这一畸形发挥得"透彻"的，恐怕就是我们中国的月亮文学。当然也有并不借月亮发牢骚，并不从月亮得了自欺的安慰，并不从月亮想象出神秘缥缈的仙境，但这只限于未尝受过我们的月亮文学影响的"粗人"罢！

我们需要"粗人"眼中的月亮，我又每每这么想。

1934年中秋后。

（原载1934年10月15日《申报月刊》第3卷第10期）

黄　昏

　　海是深绿色的，说不上光滑；排了队的小浪开正步走，数不清有多少，喊着口令"一，二——一"似的，朝喇叭口的海塘来了。挤到沙滩边，啵澌！——队伍解散，喷着愤怒的白沫。然而后一排又赶着扑上来了。

　　三只五只的白鸥轻轻地掠过，翅膀扑着波浪——一点一点躁怒起来的波浪。

　　风在掌号。冲锋号！小波浪跳跃着，每一个像个大眼睛，闪射着金光。满海全是金眼睛，全在跳跃。海塘下空隆空隆地腾起了喊杀。

　　而这些海的跳跃着的金眼睛重重叠叠一排接一排，一排怒似一排，一排比一排浓溢着血色的赤，连到天边，成为绀金色的一抹。这上头，半轮火红的夕阳！

半边天烧红了,重甸甸地压在夕阳的光头上。

愤怒地挣扎的夕阳似乎在说:

——哦,哦!我已经尽了今天的历史的使命,我已经走完了今天的路程了!现在,现在,是我的休息时间到了,是我的死期到了!哦,哦!却也是我的新生期快开始了!明天,从海的那一头,我将威武地升起来,给你们光明,给你们温暖,给你们快乐!

呼——呼——

风带着永远不会死的太阳的宣言到全世界。高的喜马拉雅山的最高峰,汪洋的太平洋,阴郁的古老的小村落,银的白光冻凝了的都市——一切,一切,夕阳都喷上了一口血焰!

两点三点白鸥划破了渐变为赭色的天空。

风带着夕阳的宣言走了。

像忽然熔化了似的,海的无数跳跃着的金眼睛摊平为暗绿的大面孔。

远处有悲壮的笳声。

夜的黑幕沉重地将落未落。

不知到什么地方去过一次的风,忽然又回来了;这回是打着鼓似的:勃仑仑,勃仑仑!不,不单是风,有雷!风挟着雷声!

海又动荡,波浪跳起来,轰!轰!

在夜的海上,大风雨来了!

(原载1934年11月20日《太白》第1卷第5期)

天　窗

乡下的房子只有前面一排木板窗。暖和的晴天，木板窗扇扇开直，光线和空气都有了。

碰着大风大雨，或者北风虎虎地叫的冬天，木板窗只好关起来，屋子里就黑得地洞里似的。

于是乡下人在屋面开一个小方洞，装一块玻璃，叫作天窗。

夏天阵雨来了时，孩子们顶喜欢在雨里跑跳，仰着脸看闪电，然而大人们偏就不许，"到屋里来呀！"孩子们跟着木板窗的关闭也就被关在地洞似的屋里了；这时候，小小的天窗是唯一的慰藉。

从那小小的玻璃，你会看见雨脚在那里卜落卜落跳，你会看见带子似的闪电一瞥；你想象到这雨，这风，这雷，这电，怎样猛厉地扫荡了这世界，你想象它们的威力比你在露天真实感到的要大这么十倍百倍。小小的天窗会使你的想象锐利起来！

晚上，当你被逼着上床去"休息"的时候，也许你还忘不了月光下的草地河滩，你偷偷地从帐子里伸出头来，你仰起了脸，这时候，小小的天窗又是你唯一的慰藉！

你会从那小玻璃上面的一粒星，一朵云，想象到无数闪闪烁烁可爱的星，无数像山似的，马似的，巨人似的奇幻的云彩；你会从那小玻璃上面掠过的一条黑影想象到这也许是灰色的蝙蝠，也许是会唱的夜莺，也许是恶霸似的猫头鹰——总之，美丽的神奇的夜的世界的一切，立刻会在你的想象中展开。

啊唷唷！这小小一方的空白是神奇的！它会使你看见了若不是有了它你就想不起来的宇宙的秘密；它会使你想到了若不是有了它你就永远不会联想到的种种事件！

发明这"天窗"的大人们，是应得感谢的。因为活泼会想的孩子们会知道怎样从"无"中看出"有"，从"虚"中看出"实"，比任凭他们看到的更真切，更阔达，更复杂，更确实！

（原载1934年11月20日《太白》第1卷第5期）

沙滩上的脚迹

他,独自一个,在这黄昏的沙滩上彳亍。

什么都看不分明了,仅可辨认,那白茫茫的知道是沙滩,那黑魆魆的是酝酿着暴风雨的海。

远处有一点光明,知道是灯塔。

他,用心火来照亮了路,可也不能远,只这么三二尺地面,他小心地走着,走着。

猛可的,天空瞥过了锯齿形的闪电。他看见不远的前面有黑簇簇的一团,呵呵,这是"夜的国"么,还是妖魔的堡寨?

他又看见离身丈把路的沙上,是满满的纵横重叠的脚迹。

哈哈,有了!赶快!他狂喜地跳着,想踏上那些该是过去人的脚迹。

他浑身一使劲,迸出个更大些的心火来。

他伛着腰,辨认那纵横重叠的脚迹,用他的微弱的心火的光焰。

咄!但是他吃惊地叫了起来。

这纵横重叠的,分明是禽兽的脚迹。大的,小的,新的,旧的,延展着,延展着,不知有几多远。而他,孤零零站在这兽迹的大海中间。

他惘然站着,失却了本来的勇气;心头的火光更加微弱,黄苍苍的像一个毛月亮,更不能照他一步两步远。

于是抱着头,他坐在沙上。

他坐着,他想等到天亮;他相信:这纵横重叠的鸟兽的脚迹中,一定也有一些是人的脚迹,可以引上康庄大道,达到有光明温暖的人的处所的脚迹,只要耐守到天明,就可以辨认出来。

他耐心地等着,抱着头,连远处的灯塔也不望它一眼。他相信,在恐怖的黑夜中,耐心等候是不错的。然而,然而——

隆隆隆的,他听得了叫他汗毛直竖的怪响了。这不是雷鸣,也不是海啸,他猛一抬头,他看见无数青面獠牙的夜叉从海边的黑浪里涌出来,夜叉们一手是钢刀,一手是人的黑心炼成的金元宝,慌慌张张在找觅牺牲品。

他又看见跟在夜叉背后的,是妖娆的人鱼,披散了长发,高耸着一对浑圆的乳峰,坐在海滩的鹅卵石上,唱迷人的歌曲。

他闭了眼,心里这才想到等候也不是办法;他跳了起来,用最后的一分力,把心火再旺起来,打算找路走。可是——那边黑簇簇的一团这时闪闪烁烁飞出几点光来,飞出的更多了!光点儿结成球了,结成线条了,终于青闪闪地排成了四个大字:光明之路!

呵!哦!他得救地喊了一声。

这当儿,天空又撒下了锯齿形的闪电。是锯齿形!直要把这昏黑的天锯成了两半。在电光下,他看得明明白白,那边是一些七分像人的鬼怪,手里都有一根长家伙,怕就是人身上的什么骨头,尖端吐出青绿的鬼火,是这鬼火排成了好看的字。

在电光下,他又分明看到地下重重叠叠的脚迹中确也有些人样的脚迹,有的已经被踏乱,有的却还清楚,像是新的。

他的心一跳,心好像放大了一倍,从心里射出来的光也明亮得多了;他看见地下的脚迹中间还有些虽则外形颇像人类但确是什么只穿着人的靴子的妖魔的足印,而且他又看见旁边有小小的孩子们的脚印。有些天真的孩子上过当!

然而他也在重重叠叠的兽迹和冒充人类的什么妖怪的足

印下，发现了被埋藏的真的人的足迹。然而这些脚迹向着同一的方向，愈去愈密。

他觉得愈加有把握了，等天亮再走的念头打消得精光，靠着心火的照明，在纵横杂乱的脚迹中他小心地辨认着真的人的足印，坚定地前进！

(原载1934年11月20日《太白》第1卷第5期)

炮火的洗礼

我遇到了许多的眼睛,都异样地睁得很大:

这里虽然有悲痛,但也有钢铁似的冷光;有愤怒,但也有成仁取义的圣哲的坚强;有憎恨,有焦灼,然而也有"余及汝偕亡"的激昂。

这都是十天的恶战,三昼夜沪东区的大火,在中国儿女的灵魂上留着的烙印,在酝酿,在锻炼,在净化而产生一个至大至刚!认定目标,不计成败——配担当这大时代的使命的气魄!

惋惜着悲痛着沪东区的精华付之一炬么?不错,那边有我们同胞血汗的结晶,有我们民族工业的堡寨,我们不能不悲痛,但是敌人的一把火烧得了我们的庐舍和厂房,却烧不了我们举国一致的抗战的力量!不,敌人这一把火,将我们万万千千颗心熔成一个至大无比的铁心了！

不错，那边有我们同胞血汗的结晶，有我们民族工业的堡寨，然而那边也正是敌人的巢，也正是敌人经济侵略的触角！三日三夜的赤焰是敌人的毒火，然而也是我们出地狱升天堂的净火！在炮火的洗礼中，中国民族就更生了！让不断的炮火洗净了我们民族数千年来专制政治下所造成的缺点，也让不断的炮火洗净了我们民族百年来所受帝国主义的侮辱。

古老的伟大的中华民族，需要在炮火里洗一个澡！

大炮对大炮，飞机对飞机，我们有我们抵抗侵略的爪，抵抗侵略的牙！尤其因为我们有炮火锻炼出来的决心和气魄！

四万万人坚决地沉着地接受炮火的洗礼了！四万万人的热血，在写出东亚历史最伟大的一页了！无所谓悲观或乐观，无所谓沮丧或痛快，我们以殉道者的精神，负起我们应负的十字架！

1937年8月23日。

（原载1937年8月24日《救亡日报》第1号）

风景谈

前夜看了《塞上风云》的预告片，便又回忆起猩猩峡外的沙漠来了。那还不能被称为"戈壁"，那在普通地图上，还不过是无名的小点，但是人类的肉眼已经不能望到它的边际，如果在中午阳光正射的时候，那单纯而强烈的反光会使你的眼睛不舒服；没有隆起的沙丘，也不见有半间泥房，四顾只是茫茫一片，那样的平坦，连一个"坎儿井"也找不到；那样的纯然一色，即使偶尔有些驼马的枯骨，它那微小的白光，也早溶入了周围的苍茫；又是那样的寂静，似乎只有热空气在作哄哄的火响。然而，你不能说，这里就没有"风景"。当地平线上出现了第一个黑点，当更多的黑点成为线，成为队，而且当微风把铃铛的柔声，丁当，丁当，送到你的耳鼓，而最后，当那些昂然高步的骆驼，排成整齐的方阵，安详然而坚定地愈行愈近，当骆驼队中领队驼所掌的那一杆长方形猩红大旗耀入你眼帘，而且大小丁当的谐和的合奏充满了你耳管——这时间，也许你不出声，但是你的心里会涌上了这样的感想的：多么庄严，多么妩媚呀！这里是大自然的最单调最平板的一面，然而加上了人的活动，就完全改观，难道这不是"风景"吗？自然是伟大的，然而人类更伟大。

于是我又回忆起另一个画面，这就在所谓"黄土高原"！那边的山多数是秃顶的，然而层层的梯田，将秃顶装扮成稀稀落落有些黄毛的癞头，特别是那些高秆植物颀长而整齐，等待检阅的队伍似的，在晚风中摇曳，另有一种惹人怜爱的姿态。可是更妙的是三五月明之夜，天是那样的蓝，几乎透明似的，月亮离山顶，似乎不过几尺，远看山顶的小米丛密挺立，宛如人头上的怒发，这时候忽然从山脊上长出两支牛角来，随即牛的全身也出现，捎着犁的人形也出现，并不多，只有三两个，也许还跟着个小孩，他们姗姗而下，在蓝的天，黑的山，银色的月光的背景上，成就了一幅剪影，如果给田园诗人见了，必将赞叹为绝妙的题材。可是没有完。这几位晚归的种地人，还把他们那粗朴的短歌，用愉快的旋律，从山顶上飘下来，直到他们没入了山坳，依旧只有蓝天明月黑魆魆的山，歌声可是缭绕不散。

另一个时间。另一个场面。夕阳在山，干坼的黄土正吐出它在一天内所吸收的热，河水汤汤急流，似乎能把浅浅河床中的鹅卵石都冲走了似的。这时候，沿河的山坳里有一队人，从"生产"归来，兴奋的谈话中，至少有七八种不同的方音。忽然间，他们又用同一的音调，唱起雄壮的歌曲来了，他们的爽朗的笑声，落到水上，使得河水也似在笑。看他们的手，这是惯拿调色板的，那是昨天还拉着提琴的弓子伴奏着《生产曲》的，这是经常不离木刻刀的，那又是洋洋洒洒下笔如有神的，但现在，一律都被锄锹的木柄磨起了老茧了。他们在山坡下，被另一群所迎住。这里正燃起熊熊的野火，多少曾调朱弄粉的手儿，已经将金黄的小米饭，翠绿的油菜，准备齐全。这时候，太阳已经下山，却将它的余晖幻成了满天的彩霞，河水喧哗得更响了，跌在石上的便喷出了雪白的泡沫，人们把沾着黄土的脚伸在水里，任它冲刷，或者掬起水来，洗一把脸。在背山面水这样一个所在，静穆的自然和弥满着生命力的人，就织成了美妙的图画。

在这里，蓝天明月，秃顶的山，单调的黄土，浅濑的水，似乎都是最恰当不过的背景，无可更换。自然是伟大的，人类是伟大的，然而充满了崇高精神的人类的活动，乃是伟大中之尤其伟大者！

我们都曾见过西装革履烫发旗袍高跟鞋的一对儿，在公园的角落，绿荫下长椅上，悄悄儿说话，但是试想一想，如果在一个下雨天，你经过一边是黄褐色的浊水，一边是怪石峭壁的崖岸,马蹄很小心地探入泥浆里,有时还不免打了一下跌撞,四面是静寂灰黄,没有一般所谓的生动鲜艳,然而,你忽然抬头看见高高的山壁上有几个天然的石洞,三层楼的亭子间似的,一对人儿促膝而坐,只凭剪发式样的不同,你方能辨认出一个是女的,他们被雨赶到了那里,大概聊天也聊够了,现在是摊开着一本札记簿,头凑在一处,一同在看——试想一想,这样一个场面到了你眼前时,总该和在什么公园里看见了长椅上有一对儿在偎倚低语,颇有点味儿不同罢!如果在公园时你一眼瞥见,首先第一会是"这里有一对恋人",那么,此时此际,倒是先感到那样一个沉闷的雨天,寂寞的荒山,原始的石洞,安上这么两个人,是一个"奇迹",使大自然顿时生色!他们之是否恋人,落在问题之外。你所见的,是两个生命力旺盛的人,是两个清楚明白生活意义的人,在任何情形之下,他们不倦怠,也不会百无聊赖,更不至于从胡闹中求刺戟,他们能够在任何情况之下,拿出他们那一套来,怡然自得。但是什么能使他们这样呢?

不过仍旧回到"风景"罢;在这里,人依然是"风景"的构成者,没有了人,还有什么可以称道的?再者,如果不是内生活极其充满的人作为这里的主宰,那又有什么值得怀念?

再有一个例子:如果你同意,二三十棵桃树可以称为林，那么这里要说的，正是这样一个桃林。花时已过，现在绿叶满株，却没有一个桃子。半爿旧石磨，是最漂亮的圆桌面，几尺断碑，或是一截旧阶石，那又是难得的几案。现成的大小石块作为凳子——而这样的石凳也还是以奢侈品的姿态出现。这些怪样的家具之所以成为必要，是因为这里有一个茶社。桃林前面，有老百姓种的荞麦，也有大麻和玉米这一类高秆植物。荞麦正当开花，远望去就像一张粉红色的地毯，大麻和玉米就像是屏风，靠着地毯的边缘。太阳光从树叶的空隙落下来，在泥地上，石家具上，一抹一抹的金黄色。偶尔也听得有草虫在叫，带住在林边树上的马儿伸长了脖子就树干搔痒，也许是乐了，便长嘶起来。"这就不坏！"你也许要这样说。可不是，这里是有一般所谓"风景"的一些条件的！然而，未必尽然。在高原的强烈阳光下，人们喜欢把这一片树荫作为户外的休息地点，因而添上了什么茶社，这是这个"风景区"成立的因缘，但如果把那二三十棵桃树，半爿磨石，几尺断碣，还有荞麦和大麻玉米，这些其实到处可遇的东西，看成了此所谓风景区的主要条件，那或者是会贻笑大方的。中国之大，比这美得多的所谓风景区，数也数不完，这个值得什么？所以应当从另一方面去看。现在请你坐下，来一杯清茶，两毛钱的枣子，也做一次桃园的茶客罢。如果你愿意先看女的，好，那边就有三四个，大概其中有一位刚接到家里寄给她的一点钱，今天来请请同伴。

那边又有几位,也围着一个石桌子,但只把随身带来的书籍代替了枣子和茶了。更有两位虎头虎脑的青年,他们走过"天下最难走的路",现在却静静地坐着,温雅得和闺女一般。男女混合的一群,有坐的,也有蹲的,争论着一个哲学上的问题,时时哗然大笑,就在他们近边,长石条上躺着一位,一本书掩住了脸。这就够了,不用再多看。总之,这里有特别的氛围,但并不古怪。人们来这里,只为恢复工作后的疲劳,随便喝点,要是袋里有钱;或不喝,随便谈谈天;在有闲的只想找一点什么来消磨时间的人们看来,这里坐的不舒服,吃的喝的也太粗糙简单,也没有什么可以供赏玩,至多来一次,第二次保管厌倦。但是不知道消磨时间为何物的人们却把这一片简陋的绿荫看得很可爱,因此,这桃林就很出名了。

因此,这里的"风景"也就值得留恋,人类的高贵精神的辐射,填补了自然界的贫乏,增添了景色,形式的和内容的。人创造了第二自然!

最后一段回忆是五月的北国。清晨,窗纸微微透白,万籁俱静,嘹亮的喇叭声,破空而来。我忽然想起了白天在一本贴照簿上所见的第一张,银白色的背景前一个淡黑的侧影,一个号兵举起了喇叭在吹,严肃,坚决,勇敢和高度的警觉,都表现在小号兵的挺直的胸膛和高高的眉棱上边。我赞美这摄影家的艺术,我回味着,我从当前的喇叭声中也听出了严肃，坚决，勇敢和高度的警觉来，于是我披衣出去，打算看一看。空气非常清冽，朝霞笼住了左面的山，我看见山峰上的小号兵了。霞光射住他，只觉得他的额角异常发亮，然而，使我惊叹叫出声来的，是离他不远有一位荷枪的战士，面向着东方，严肃地站在那里，犹如雕像一般。晨风吹着喇叭的红绸子，只这是动的，战士枪尖的刺刀闪着寒光，在粉红的霞色中，只这是刚性的。我看得呆了，我仿佛看见了民族的精神化身而为他们两个。

如果你也当它是"风景"，那便是真的风景，是伟大中之最伟大者！

1940年12月于枣子岚垭。

（原载1941年1月10日《文艺阵地》第6卷第1期）

雾中偶记

前两天天气奇寒,似乎天要变了,果然昨夜就刮起了大风来,窗上糊的纸被老鼠钻成一个洞,呜呜地吹起哨子——像是什么呢?我说不出。从破洞里来的风,特别尖利,坐在那里觉得格外冷,想拿一张报纸去堵住,忽然看见爱伦堡那篇"报告"——《巴黎沦陷的前后》,便想起白天在报上看见说,巴黎的老百姓正在受冻挨饿,情形是十分严重的话。

这使我顿然记起,现在是正当所谓"三九",北方不知冷得怎样了,还穿着单衣的战士们大概正在风雪中和敌人搏斗,便是江南罢,该也有霜有冰乃至有雪。在广大的国土上,受冻挨饿的老百姓,没有棉衣吃黑豆的战士,那种英勇和悲壮,到底我们知道了几分之几?中华民族是在咆哮了,然而中国似乎依然是"无声的中国"——从某一方面看。

不过这里重庆是"温暖"的,不见枯草,芭蕉还是那样绿,而且绿得太惨!

而且是在雾季,被人"祝福"的雾是会迷蒙了一切,美的,丑的,荒淫无耻的,以及严肃的工作。……在雾季,重庆是活跃的,因为轰炸的威胁少了,是活动的万花筒:奸商、小偷、大盗、汉奸、狞笑、恶眼、悲愤、无耻、奇冤,一切,而且还有沉默。

原名《鞭》的五幕剧,以《雾重庆》的名称在雾重庆上演;想起这改题的名字似乎本来打算和《夜上海》凑成一副对联,总觉得带点生意眼,然而现在看来,"雾重庆"这三个字,当真不坏。尤其在今年!可歌可泣的事太多了。不过作者当初如果也跟我现在那样的想法,大概这五幕剧的题材会全然改观罢?我是觉得《鞭》之内容是包括不了雾重庆的。

剧中那位诗人,最初引起了我的回忆——他像一个朋友:不是身世太像,而是容貌上有几分,说话的神气有几分。到底像谁呢?说不上来。但是今天在一件事的议论纷纷之余,我陡然记起了,呀,有点像他,再细想,似乎不像的多。不过这位朋友的声音笑貌却缠住了我的回忆。我不知他现在在哪里?平安不?一个月前是知道的,不过,今天,鬼晓得,罪恶的黑手有时而且时时会攫去我们的善良的人的。我又不知道和他在一处的另外几个朋友现在又在哪里了,也平安不?

于是我又想起了鲁迅先生。在《为了忘却的记念》中,鲁迅先生说过那样意思的话:血的淤积,青年的血,使他窒息,于无奈何之际,他从血的淤积中挖一个小孔,喘一口气。这几年来,青年的血太多了,敌人给流的,自己给流的;我们兴奋,为了光荣的血,但也窒息,为了不光荣的没有代价的血。而且给喘一口气的小孔也几乎挖不出。

回忆有时是残忍的,健忘有时是一宗法宝。有一位历史家批评最后的蒲尔朋王朝说:他们什么也没有忘记,但什么也没有学得。为了学得,回忆有时是必要,健忘有时是不该。没有出息的人永远不会学得教训,然而历史是无情的。中华民族解放的斗争,不可免地将是长期而矛盾而且残酷,但历史还是依照它的法则向前。最后胜利一定要来,而且是我们的。让理性上前,让民族利益高于一切,让死难的人们灵魂得到安息。舞台在暗转,袁慕容的戏快完,家棣一定要上台,而且林卷好的出走的去向,终究会有下落。

据说今后六十日至九十日,将是最严重的时期(美国陆长斯汀生之言);希特勒的春季攻势,敌人的南进,都将于此时期内爆发罢?而且那雾季不也完了么?但是敌人南进,同时也不会放松对我们的攻势的!幻想家们呵,不要打如意算盘!被敌人的烟幕迷糊了心窍的人们也该清醒一下,事情不会那么简单。

夜是很深了罢?你看鼠子这样猖獗,竟在你面前公然踱方步。我开窗透点新鲜空气,茫茫一片,雾是更加浓了罢?已经不辨皂白。然而不一定坏。浓雾之后,朗天化日也跟着来。祝福可敬的朋友们,血不会是永远没有代价的!民族解放的斗争,不达目的不止,还有成千成万的战士们还没有死呢!

1941年2月16日夜。

(原载1941年2月25日《国讯》第261期)

白杨礼赞

白杨树实在不是平凡的,我赞美白杨树!

当汽车在望不到边际的高原上奔驰,扑入你的视野的,是黄绿错综的一条大毯子;黄的,那是土,未开垦的处女土,几百万年前由伟大的自然力所堆积成功的黄土高原的外壳;绿的呢,是人类劳力战胜自然的成果,是麦田,和风吹送,翻起了一轮一轮的绿波——这时你会真心佩服昔人所造的两个字"麦浪",若不是妙手偶得,便确是经过锤炼的语言的精华。黄与绿主宰着,无边无垠,坦荡如砥,这时如果不是宛若并肩的远山的连峰提醒了你(这些山峰凭你的肉眼来判断,就知道是在你脚底下的),你会忘记了汽车是在高原上行驶,这时你涌起来的感想也许是"雄壮",也许是"伟大",诸如此类的形容词,然而同时你的眼睛也许觉得有点倦怠,你对当前的"雄壮"或"伟大"闭了眼,而另一种味儿在你心头潜滋暗长了——"单调"!可不是,单调,有一点儿罢?

然而刹那间,要是你猛抬眼看见了前面远远地有一排——不,或者甚至只是三五株,一二株,傲然地耸立,像哨兵似的树木的话,那你的恹恹欲睡的情绪又将如何?我那时是惊奇地叫了一声的!

那就是白杨树,西北极普通的一种树,然而实在不是平凡的一种树!

那是力争上游的一种树,笔直的干,笔直的枝。它的干呢,通常是丈把高,像是加以人工似的,一丈以内,绝无旁枝;它所有的丫枝呢,一律向上,而且紧紧靠拢,也像是加以人工似的,成为一束,绝无横斜逸出;它的宽大的叶子也是片片向上,几乎没有斜生的,更不用说倒垂了;它的皮,光滑而有银色的晕圈,微微泛出淡青色。这是虽在北方的风雪的压迫下却保持着倔强挺立的一种树!哪怕只有碗来粗细罢,它却努力向上发展,高到丈许,二丈,参天耸立,不折不挠,对抗着西北风。

这就是白杨树,西北极普通的一种树,然而决不是平凡的树!

它没有婆娑的姿态,没有屈曲盘旋的虬枝,也许你要说它不美丽——如果美是专指"婆娑"或"横斜逸出"之类而言,那么白杨树算不得树中的好女子;但是它却是伟岸,正直,朴质,严肃,也不缺乏温和,更不用提它的坚强不屈与挺拔,它是树中的伟丈夫!当你在积雪初融的高原上走过,看见平坦的大地上傲然挺立这么一株或一排白杨树,难道你觉得树只是树,难道你就不想到它的朴质,严肃,坚强不屈,至少也象征了北方的农民;难道你竟一点也不联想到,在敌后的广大土地上,到处有坚强不屈,就像这白杨树一样傲然挺立的守卫他们家乡的哨兵!难道你又不更远一点想到这样枝枝叶叶靠紧团结,力求上进的白杨树,宛然象征了今天在华北平原纵横决荡用血写出新中国历史的那种精神和意志。

　　白杨不是平凡的树。它在西北极普遍,不被人重视,就跟北方农民相似;它有极强的生命力,磨折不了,压迫不倒,也跟北方的农民相似。我赞美白杨树,就因为它不但象征了北方的农民,尤其象征了今天我们民族解放斗争中所不可缺的朴质,坚强,以及力求上进的精神。

　　让那些看不起民众,贱视民众,顽固的倒退的人们去赞美那贵族化的楠木(那也是直干秀颀的),去鄙视这极常见,极易生长的白杨罢,但是我要高声赞美白杨树!

(原载1941年6月10日《文艺阵地》第6卷第3期)

大地山河

　　住在西北高原的人们,不能想象江南太湖区域所谓"水乡"的居民的生涯;所谓"暮春三月,江南草长,杂花生树,群莺乱飞",也还不是江南"水乡"的风光。缺少那交错密布的水道的西北高原的居民,听说人家的后门外就是河,站在后门口(那就是水阁的门),可以用吊桶打水,午夜梦回,可以听得橹声欸乃,飘然而过,总有点难以构成形象的罢?

　　没有到过西北——或者就是豫北陕南罢——如果只看地图,大概总以为那些在普通地图上有名有目的河流,至少比江南"水乡"那些不见于普通地图上的"港"呀,"汊"呀,要大得多罢?至少总以为这些河终年汤汤,可以行舟的罢?有一个朋友曾到开封,那时正值冬季,他站在堤上,却还不知道他脚下所站的,就是有名的黄河堤岸;他向下视,只见有几股细水,在淤黄泥沙中流着,他还问:"黄河在哪里?"却不知这几股细水,就是黄河!原来黄河在水浅季节,就是几股细水!

大凡在地图上有名有目的西北的河,到了冬季水浅,就是和江南的沟渠一样的东西,摆几块石头在浅处,是可以徒涉的。

乌鲁木齐河,那也是鼎鼎大名的;然而当我看见马车涉河而过的时候,我惊讶于这就是乌鲁木齐河!学生们卷起裤管,就徒涉了延水的事,如果不是亲见,也觉得可惊,因为延水在地图上也是有名有目的呀!

但是当夏季涨水的当儿,这些河却也实在威风。延水一次上流涨水,把"女大"①用以系住浮桥的一块几万斤重的大石头冲走了十多丈路。

光是从天空飞过,你不能具体地了解所谓"西北高原"的意义。光是从地上走过,你了解得也许具体些,然而还不够"概括"(恕我借用这两个字)。

你从客机的高度仪的指针上看出你是在海拔三千多公尺以上了,然而你从玻璃窗向下看,嘿,城郭市廛,历历在

---

① "女大",延安中国女子大学。

目,多清楚!那时你会恍然于下边是高原了。但在你还得在地上走过,然后你这认识才能够补足。

你会不相信你不是在平地上。可不是一望平畴,麦浪起伏?可是你再极目远望,那边天际一道连山,不也是和你脚下的"平地"是并列的么?有时你还觉得它比你脚下的低呢!要是凑巧,你的车子到了这么一个"土腰",下面是万丈断崖,而这万丈断崖也还是中间阶段而已,那时你大概才切实地明白了高原之所以为高原了罢?

这也不是平空可以想象的。

谢家的哥哥以"撒盐"比拟下雪,他的妹妹说,"未若柳絮因风舞"。自来都认为后者佳胜。自然,"柳絮因风舞",多么清灵俊逸;但这是江南的雪景。如果说北方,那么谢家哥哥的比拟实在也没有错。当然也有下大朵的时候,那也是"柳絮"了,不过,"撒盐"时居多。

积在地上,你穿了长毡靴走过,那煞煞的响声,那颇有燥感的粉末,就会完全构成了"盐"的印象。要是在大野,一望皆白,平常多坎陷与浮土的道路,此时成为砥平则坚实,单马曳的雪橇轻溜溜地滑过,那时你真觉得心境清凉——而实在,空气也清洁得好像滤过。

我曾在戈壁中远远看见一片白,颇惊讶于五月有雪,后来才知道这是盐池!

1941年8月19日。

(原载1941年9月1日《笔谈》第1期)

时间，换取了什么？

是在船上或车上，都不关重要；反正那一类的设备既颇简陋，乘客又极拥挤，安全也未必有保障的交通工具，你越心急，它越放赖，进一步，退两步，叫你闷得不知怎样才好，正是：长途漫漫不晓得何年何月才到得了目的地。

在这样的交通工具上，人们的嘴巴会不大安分的。三三两两，连市面上现今通行的法币究竟有多少版本，都成为"摆龙门阵"的资源。

有这么两个衣冠楚楚的人却争辩着一个可笑的问题：时间。

一位说他并不觉得已经过了七个年头了。

"对！"另一位顺着他的口气接着说，"日子过得真快，不知不觉早已满了七年。"

那一位摇着头立刻分辩道:"不然!不知不觉只是不知不觉罢了,七年到底是七年;然而我要说的是,这七个年头在我辈等于没有。你觉得我这话奇怪么?别忙,听我说。你当是一个梦也可以,不过无奈何这是事实。想来你也曾听得说过:在敌人的炮火下边,老板职员工人一齐动手,乒乒乓乓拆卸笨重的机器,流弹飞来,前面一个仆倒了,后面补上去照旧干,冷冰冰的机器上浸透了我们的滚热的血汗。机器上了船了,路远迢迢,那危险,那辛苦,都不用说,不过我们心里是快活的。那时候,一天天朝西走,理想就一天天近了,那时候,一天,一小时,一分钟,确实有价值。机器再装起来,又开动了,可是原料、技工、零件,一切问题又都来了,不过我们还是满身有劲,心里是快乐的。我们流的汗恐怕不会比机器本身轻些,然而这汗有代价:机器生产了,出货了。……然而现在,想来你也知道,机器又只好闲起来,不但闲起来,拆掉了当废铁卖的也有呢!"

他抹了一把额头的汗水,望着他的同伴苦笑,然后又说:"你瞧,这不是一个圈子又兜到原来的地点?你想想,这不是白辛苦了一场?你说七个年头过去了,可是这七年工夫在我们不是等于没有么?这七年工夫是白过的!白过了七年!要是你认真想起到底过了七年了,那可痛心得很,为什么七年之中我们一点进步也没有?"

"哎,好比一场大梦!"那同伴很表同情似的说。

但是回答却更沉痛些："无奈这不是梦呀！要是七年前的今天我做了这样一个梦，醒来后我一定付之一笑，依然精神百倍，计划怎样拆，怎么搬，怎样再建，无奈这不是梦，这是事实，我们的确满了七年，只是这七年是白过的，没有价值！"

那同伴看见对方的牢骚越来越多，便打算转换话题，不料旁边一人却忽然插嘴道：

"白过倒也不算白过。教训是受到了，而且变化也不少呵！时间是荒废得可惜，七年工夫还没上轨道，但是倒也不能算作一个圈子兜回原来的地点，从整个中国看来，变化也不小呢！"

"变化？"那同伴睁眼朝这第三人看了一下，"哦，变化是有的。"他忽然讽刺似的冷笑一下，"对呀，变出了若干暴发户，发国难财的英雄好汉！上月的物价，和前月不同，和本月也不同，这一点上，确是一天有一天的价值，时间的分量大多数人都觉得到的。"于是他忽然想起来了似的转脸安慰他的朋友道："老兄不过是白白过了七年，总还算是无所损益。像兄弟呢，一年一年在降格。我们当个不大不小地主的，真是打肿了脸充胖子罢哩！老兄想来也是明白的。"

"怎么我好算是无所损益呢？……"

"当然不能，"那第三人又插进来说，"在这时代，站在原地位不动是办不到的；中国是世界的一部分，而且还在抗战。"

一听这话,那两位互相对看了一眼,同时喊了一声"哦";而且那位自称是"一年一年在降格"的朋友立刻又欣然说道:"所以我始终是乐观派,所以要说,这七年工夫是挨得有代价的;你瞧,我们挨成了四强之一,而且英美在步步胜利,第二战场也开辟了,不消半年,希特勒打垮,掉转身来收拾东洋小鬼,真正易如反掌,我们等着最后胜利罢!"

他的同伴也色然而喜了,然而还是不大鼓舞得起来,他慢吞吞自言自语道:"胜利是没有问题的,不过我的厂呢?我们的工业呢?"

"等着?"那第三人也笑了笑说,"我们个人尽管各自爱等着就等着罢,爱怎么等就怎么等下去,有人等着重温旧梦,有人等着天上掉下繁荣来,各人都把他的等着放在没有问题的最后胜利等到了以后。不过,一方面呢,世界不等我们,而另一方面呢,中国本身也不能等着那些一心只想等到了没有问题的最后胜利到手以后便要如何如何的人们。更不用说,敌人也不肯等着我们的等着的!七年是等着过去了,也许有些人欣欣然自庆他终于等着了他所希望的,然而……"

"然而我并没有等着呀!"是懊恼而不平的声音,"我说过,我流的汗有几千斤重呢,可是我得到了什么呢?于人无补,于己也无利!"

"你老兄是吃了那一心以等着为得计的人们的亏！"那第三人回答，"不过中国幸而也有不那么等着人的，所以七年工夫不是白过，中国地面上是发生着变化了，打开地图一看就可以看见的。"

　　话的线索暂时中断。过了一会儿，那最初说话的人又回到那"时间"问题，发怒似的说道："不论如何，白过了七年工夫总是一个事实。我们从今天起，不能再让有一天白白过去，如果再敷敷衍衍，不洗心革面，真是不堪设想的。然而那七个年头还是白废的！"

　　"要是能够这样，那么，七年时间虽然可惜，也还算不是白过的！否则，那就是真真地白过了，倘有上帝的话，上帝也不会同情，更不用说历史的法则铁面无情。"

　　时间，换取了什么？今天我们必须认真问，认真想一想了。

（原载1944年7月8日《新华日报》）

闻笑有感

笑是喜悦的表示，动物之中，大概只有人类有这本领罢。猴子也能作笑的姿态，但亦不过是姿态而已，看了不会引起快感，或且以为丑。至于微笑、冷笑、苦笑等等复杂的不尽是表示喜悦而别有滋味的各式之笑，那更是人类所独特擅长。

简直可以说，愈是思想情绪复杂且多矛盾而变态的人，笑之内容也愈为复杂而多变态；原始意味的笑——即天真的笑，差不多很难在这样人们的脸上找到了，通常我们见到的，倘不是虚伪的笑便是恶意的笑，这又是人类比猴子高明的地方，猴子大概作不出虚伪的笑，并且大概也没有恶意的笑。

但是也还有若干种类的笑，其动机似可索解却又未必竟能索解。譬如青年的疯女人，一丝不挂出现于大街，此时围观者如堵，笑声即错杂起落，如果再有一个无赖之徒对疯妇作猥亵之动作，旁观者就一定会哄然大笑。这样的笑，当然并不虚伪，确是"真情之流露"，远远听去，你会猜想这所笑者一定是一件可喜的事；那么，这是恶意的笑了，可又不尽然，当然说不上含有善意，但围而观者之群其中百分之九十九与此疯妇确无丝毫的仇恨，既无仇恨，则看见她在那样悲惨的境地而犹受无赖子的欺侮，纵使不生同情亦何必投之以恶意的笑呢？然则是缺乏同情心的缘故么？在此一场合，围观者同情心之薄弱，即就"围观"一举已可概见，自不待论；但是同情心之缺乏并不一定造成那样纵声狂笑的结果。假如有一位绅士在场，恐怕他是不笑的，虽然这位绅士跟围观之群比较起来，心地要肮脏得多，白天黑夜，他时时存着损人利己之心，而围观之群却确是善良（虽则赶不上那位绅士的聪明）的人们。

这样看来，恐怕只能把这种变态的笑解释为并无意义的动作，这恐怕是神经受了不寻常的一刺骤然紧张而起的一种反应，这中间并无恶意，当然也未必带有幸灾乐祸的成分。但"一半是神，一半是兽"的万物之灵，在这当儿，却突然褪落了"神"的光圈，而呈现了赤裸裸的"兽"的本色，大概也是不能讳言的事罢？

在街头遇到了这种的笑，并不比在雅致的客厅中遇到了虚伪的笑，更为舒服些，不过那不舒服的滋味应当是不相同罢？前者是悲哀而后者是憎恶。在前者，我们感到文化教育力之不足，在后者，我们看见了相反的作用——"人"非但未能净化，反倒被"教养"得更卑鄙龌龊了！我不得不承认：那种无意义的原始性的傻笑，虽使我听了战栗，可是比起客厅中高贵人们的虚伪的——可又十分有礼貌的笑，至少是"天真"些罢？

不过在大街上那样笑的机会究竟不多，常见者乃在室内。在文雅的背景前，有"教养"的嘴巴绘声绘影地在叙述一些惨厉的故事的时候，听到了那样野性的放纵的笑声，其使人毛骨耸然，当亦不下于在大街。这时的笑，当然决无虚伪，可也不见得如何"天真"，这里可以嗅出自私的气味，讲述者和听而笑者似乎都把这当作一种娱乐，一种享受，他们似乎习惯了要把血腥的人类灵魂被践踏的故事当作饱食以后的消化剂，把别人的痛苦当作自己开心的资料。这原来不是没有"教养"的人所知道的。

人们说近来有些话剧，颇重"噱头"，于是慨叹于"低级趣味"之盛行，但是，见"噱头"而笑，即使是"低级趣味"罢，亦不过趣味低级而已；事有甚于此者，即并非"噱头"而且简直是不应当笑的地方，也往往听到喷发的笑声，叫人突然觉得这就是疯女人出现在大街上所引起的同样的声音。有一次我看电影，就在我近旁发出了这样变态的笑声；

后来我留心看那几位"可敬的人们",确也是衣冠楚楚,一表堂堂,标明是有"教养"的——即不是粗人,换一句话,就是那些看腻了"噱头"转而要从血腥和眼泪中寻取笑料的人!

人的感情有能变态到这样的地步的,这是人的堕落呢或是"进化",自不待论;不过再一想,在众人的骷髅堆上建筑起一人的尊严富贵的,今世实在太多了,那么,仅仅在话剧或电影上找寻这样发泄的家伙,实在也不足责了。

剩下来的一个问题是:到了还没看腻"噱头"的小市民群的钱袋也不大宽裕而不得不依靠那些连"噱头"都已看腻转而要从血腥与眼泪——别人的痛苦中找寻娱乐的人们作为基本观众时,我们的戏剧将怎样办呢?

也许就是杞忧,现在这大时代有的是能使人痛快地一哭因而也就能健康地一笑的题材。但是看到那依然如故的"尺度",我不能不担心我这个忧虑迟早要成为问题了。

1944年10月。

(原收1945年7月良友复兴图书印刷公司版

《时间的纪录》)

森林中的绅士

据说北美洲的森林中有一种"得天独厚"的野兽,这就是豪猪,这是"森林中的绅士"!

这是在头部、背部、尾巴上,都长着钢针似的刺毛的四足兽,所谓"绅士相处,应如豪猪与豪猪,中间保持相当的距离",就因为太靠近了彼此都没有好处。不过豪猪的刺还是有形的,绅士之刺则无形,有形则长短有定,要保持相当的距离总比无形者好办些,而这也是摹仿豪猪的绅士们"青出于蓝"的地方。

但豪猪的"绅士风度"之可贵,尚不在那一身的钢针似的刺毛。它是矮胖胖的,一张方正而持重的面孔,老是踱着方步,不慌不忙。它的潇洒悠闲,实在也到了殊堪钦佩的地步:可以在一些滋味不坏的灌木丛中玩上一整天,很有教养似的边走边哼,逍遥自得,无所用心,宛然是一位乐天派。它不喜群居的生活,但也并非完全孤独,由此可见它在"待人接物"上多么有分寸。

若非万不得已,它决不旅行,整年整季,它的活动范围不出三四里地。一连几星期,它只在三四棵树上爬来爬去;它躺在树枝间,从容自在地啃着树皮,啃得倦了,就打个瞌睡;要是睡中一个不小心倒栽下来,那也不要紧,它那件特别的长毛大衣会保护它的尊躯。

它也不怕跌落水里去,它全身的二万刺毛都是中空的,它好比穿了件救生衣,一到水里,自会浮起来的。

而这些空心针似的刺毛又是绝妙的自卫武器,别的野兽身上要是刺进了几十枚这样的空心针,当然会有性命之忧,因为这些空心针是角质的,刺进了温湿的肌肉,立刻就会发胀,而且针上又遍布了倒钩,倒钩也跟着胀大,倒钩的斜度会使得那针愈陷愈深。因此,遇到外来的攻击时,豪猪的战术是等在那里"挨打",让敌人自己碰伤,知难而退。因为它那些刺毛只要轻轻一碰就会掉落,而又因其尖利非凡,故一碰之下未有不刺进皮肉的。

然而具有这样头等的自卫武器的它,却有老大的弱点:肚皮底下没刺毛,这是不设防地带,小小的老鼠只要能够设法钻到豪猪的肚皮底下,就是胜利者了。但尤其脆弱者,是豪猪的鼻子。一根棍子在这鼻尖上轻轻敲一下,就是致命的。这些弱点，豪猪自己知道得很清楚；所以遇到敌人的时候，它就把脑袋塞在一根木头下面，这样先保护好它那脆弱的鼻子，然后四脚收拢，平伏地面，掩蔽它那不设防的腹部，末了，就耸起浑身的刺毛，摆好了"挨打"的姿势。当然，它还有一根不太长然而也还强壮有力的尾巴（和它身长比较，约为五与一之比），真是一根狼牙棒，它可以左右挥动，敌人要是挨着一下，大概受不住；可是这根尾巴的挥动因为缺乏一双眼睛来指示目标，也只是守势防御而已。

敌人也许很狡猾，并不进攻，却悄悄地守在旁边静候机会，那时候，豪猪不能不改变战术了。它从掩蔽部抽出了鼻子，拼命低着头（还是为的保护鼻子），倒退着走，同时猛烈挥动尾巴，这样"背进"到了最近一棵树，它就笨拙地往上爬，爬到了相当高度，自觉已无危险，便又安安逸逸躺在那里啃起嫩枝来，好像根本没有发生过什么事情似的。

这真是典型的绅士式的"镇静"。的的确确，它的一切生活方式——连它的战术在内，都是典型的绅士式的。但正像我们的可敬的绅士们尽管"得天独厚"，优游自在，却也常常要无病呻吟一样，豪猪也喜欢这调门。好好地它会忽然发出了声音摇曳而凄凉的哀号，单听那声音，你以为这位"森林中的绅士"一定是碰到绝大的危险，性命就在顷刻间了；然而不然，它这时安安逸逸坐在树梢上，方正而持重的脸部照常一点表情也没有，可是它独自在哀啼，往往持续至一小时之久，它这样无病而呻吟是玩玩的。

据说向来盛产豪猪的安地郎达克山脉，现在也很少看见豪猪了，以至美国地方政府不得不用法令保护它了。为什么这样"得天独厚"，具有这样巧妙自卫武器的豪猪会渐有绝种之忧呢？是不是它那种太懒散而悠闲的生活方式使之然呢？还是因为它那"得天独厚"之处存在着绝大的矛盾——几乎无敌的刺毛以及毫无抵抗力的暴露着的鼻子——所以结果仍然于它不利呢？

我不打算在这里来下结论，可是我因此更觉得豪猪的"生活方式"叫人看了寒心。

1945年5月21日。

[附记]

上杂谈一则，昨日从一堆旧信件中检了出来。看篇末所记年月日，方才想起写这一则时的心情，惘然若有所失。当时写完以后何以又搁起来的原因，可再也追忆不得了。重读一过，觉得也还可以发表一下，姑以付《新文学》。

1945年12月14日记于无阳光室，重庆。

（原载1946年1月1日《新文学》创刊号）

忆冼星海

和冼星海见面的时候,已经是在听过他的作品(抗战以后的作品)的演奏,并且是读过了他那万余言的自传(?)以后。(这篇文章发表在延安出版的一个文艺刊物上,是他到了延安以后写的。)

那一次我所听到的《黄河大合唱》,据说还是小规模的,然而参加合唱人数已有三百左右;朋友告诉我,曾经有过五百人以上的。那次演奏的指挥是一位青年音乐家(恕我记不得他的姓名),是星海先生担任鲁艺音乐系主任的短短时期内训练出来的得意弟子;朋友又告诉我,要是冼星海自任指挥,这次的演奏当更精彩些。但我得老实说,尽管"这是小规模",而且由他的高足代任指挥,可是那一次的演奏还是十分美满——不,我应当承认,这开了我的眼界,这使我感动,老觉得有什么东西在心里抓,痒痒的又舒服又难受。对于音乐,我是十足的门外汉,我不能有条有理告诉你:《黄河大合唱》的好处在哪里。可是它那伟大的气魄自然而然使人鄙吝全消,发生崇高的情感,光是这一点也就叫你听过一次就像灵魂洗过澡似的。

从那时起,我便在想象:冼星海是怎样一个人呢?我曾经想象他该是木刻家马达(凑巧他也是广东人)那样一位魁梧奇伟,沉默寡言的人物。可是朋友们告诉我:不是,冼星海是中等身材,喜欢说笑,话匣子一开就会滔滔不绝的。

我见过马达刻的一幅木刻:一人伏案,执笔沉思,大的斗篷显得他头部特小,两眼眯紧如一线。这人就是冼星海,这幅木刻就名为《冼星海作曲图》。木刻很小,当然,面部不可能如其真人,而且木刻家的用意大概也不在"写真",而在表达冼星海作曲时的神韵。我对于这一幅木刻也颇爱好,虽然它还不能满足我的"好奇"。而这,直到我读了冼星海的自传,这才得了部分的满足。

从星海的生活经验,我了解了他的作品之所以能有这样大的气魄。做过饭店堂倌、咖啡馆杂役,做过轮船上的锅炉间的火伕、浴堂的打杂,也做过乞丐——不,什么都做过的一个人,有两种可能:一是被生活所压倒,虽有抱负只成为一场梦;又一是战胜了生活,那他的抱负不但能实现,而且必将放出万丈光芒。"星海就是后一种人!"——我当时这样想，仿佛我和他已是很熟悉的了。

大约三个月以后，在西安，冼星海突然来访我。

那时我正在候车南下，而他呢，在西安已住了几个月，即将经过新疆而赴苏联。当他走进我的房间，自己通了姓名的时候，我吃了一惊，"呀，这就是冼星海么！"我心里这样说，觉得很熟识，而也感得生疏。和友人初次见面，我总是拙于言词，不知道说些什么好，而在那时，我又忙于将这坐在我对面的人和马达的木刻中的人作比较，也和我读了他的自传以后在想象中描绘出来的人作比较，我差不多连应有的寒暄也忘记了。然而星海却滔滔不绝说起来了。他说他刚出来，就知道我进去了，而在我还没到西安的时候就知道我要来了；他说起了他到苏联去的计划，问起了新疆的情形，接着就讲他的《民族交响乐》的创作。我对于音乐的常识太差，静聆他的议论（这是一边讲述他的《民族交响乐》的创作计划，一边又批评自己和人家的作品，表示他将来致力的方向），实在不能赞一词。岂但不能赞一词而已，他的话我记也记不全呢。可是，他那种气魄，却又一次使我兴奋鼓舞，和上回听到《黄河大合唱》一样。拿破仑说他的字典上没有"难"这一字，我以为冼星海的字典上也没有这一个字。他说，他以后的十年中将以全力完成他这创作计划；我深信他一定能达到。

我深信他一定能达到。因为他不但有坚强的意志和伟大的魄力，并且因为他又是那样好学深思，勇于经验生活的各种方面，勤于收集各地民歌民谣的材料。他说他已收到了他夫人托人带给他的一包陕北民歌的材料，可是他觉得还很不够，还有一部分材料（他自己收集的）却不知弄到何处去了。他说他将在新疆逗留一年半载，尽量收集各民族的歌谣，然后再去苏联。

现在我还记得的，是他这未来的《民族交响乐》的一部分的计划。他将从海陆空三方面来描写我们祖国山河的美丽，雄伟与博大。他将以"狮子舞""划龙船""放风筝"这三种民间的娱乐，作为他这伟大创作的此一部分的"象征"或"韵调"。（我记不清他当时用了怎样的字眼，我恐怕这两个字眼都被我用错了。当时他大概这样描写给我听：首先，是赞美祖国河山的壮丽，雄伟，然后，狮子舞来了，开始是和平欢乐的人民的娱乐——这里要用民间"狮子舞"的音乐，随后是狮子吼，祖国的人民奋起反抗侵略者了。）他也将以"狮子舞""划龙船""放风筝"这三种民族形式的民间娱乐，来描写祖国人民的生活、理想和要求。"你预备在旅居苏联的时候写你这作品么？"我这么问他。"不！"他回答，"我去苏联是学习，吸收他们的好东西。要写，还得回中国来。"

那天我们的长谈，是我和他的第一次见面，谁又料得到这就是最后一次呵！"要写，还得回中国来！"这句话，今天还在我耳边响，谁又料得到他不能回来了！

这也就是为什么我在写这小文的时候还觉得我是在做噩梦。

我看到报上的消息时,我半晌说不出话。

这样一个人,怎么就死了!

昨晚我忽然这样想:当在国境被阻,而不得不步行万里,且经受了生活的极端的困厄,而回莫斯科去的时候,他大概还觉得这一段"傥来"①的不平凡的生活经验又将使他的创作增加了绮丽的色彩和声调;要是他不死,他一定津津乐道这一番的遭遇,觉得何幸而有此罢?

现在我还是这样想:要是我再遇到他,一开头他就会讲述这一段颠沛流离的生活,而且要说:"我经过中亚细亚,步行过万里,我看见了不少不少,我得了许多题材,我作成了曲子了!"时间永远不能磨灭我们在西安的一席长谈给我的印象。

一个生龙活虎般的具有伟大气魄、抱有崇高理想的冼星海,永远坐在我对面,直到我眼不能见,耳不能听,只要我神智还没昏迷,他永远活着。

1946年1月5日。

(原载1946年1月28日《新文学》第2期)

---

① "傥来",不意而得的意思。《庄子·缮性》:"物之傥来,寄也。"成玄英疏:"傥者,意外忽来者耳。"

编辑附记

"壹本"系列以"一本书了解一位名家"为宗旨,从当下读者爱读、想读和需要读的角度进行编选,打破文体的界限,精选现当代文学名家经典之作,版本精良。

本书精选中国作家、社会活动家茅盾的小说和散文代表作。为了方便读者阅读,同时兼顾原作风貌,在编辑过程中,适当修改了明显的排印错误和个别容易造成理解混乱的字词及标点符号。对于体现作家鲜明创作个性的字词和反映当时行文习惯的标点符号予以保留。

图书在版编目(CIP)数据

林家铺子:茅盾精读 / 茅盾著. —杭州:浙江文艺出版社,2022.7
ISBN 978-7-5339-6188-6

Ⅰ.①林… Ⅱ.①茅… Ⅲ.①中篇小说—中国—现代 Ⅳ.①I246.5

中国版本图书馆CIP数据核字(2020)第143788号

策划统筹	王晓乐
责任编辑	朱 立 谢园园
责任印制	张丽敏
版式设计	吕翡翠
封面设计	介 桑
营销编辑	张恩惠
数字编辑	姜梦冉 诸婧琦

林家铺子——茅盾精读

茅盾 著

出版发行	浙江文艺出版社
地 址	杭州市体育场路347号
邮 编	310006
电 话	0571-85176953(总编办)
	0571-85152727(市场部)
制 版	杭州天一图文制作有限公司
印 刷	浙江海虹彩色印务有限公司
开 本	880毫米×1230毫米 1/32
字 数	148千字
印 张	7.75
插 页	2
版 次	2022年7月第1版
印 次	2022年7月第1次印刷
书 号	ISBN 978-7-5339-6188-6
定 价	39.80元

版权所有 侵权必究